Chrysalis

크리살리스; 번 데 기

크리살리스; 번 데 기

초판 1쇄 발행 2024년 04월 01일

지은이 유호현
펴낸이 장현수
펴낸곳 메이킹북스
출판등록 제 2019-000010호

디자인 최미영
편집 최미영
교정 안지은
마케팅 김소형

주소 서울특별시 구로구 경인로 661, 핀포인트타워 912-914호
전화 02-2135-5086
팩스 02-2135-5087
이메일 making_books@naver.com
홈페이지 www.makingbooks.co.kr

ISBN 979-11-6791-517-7(03810)
값 16,800원

ⓒ 유호현 2024 Printed in Korea

잘못된 책은 구입하신 곳에서 바꾸어 드립니다.
이 책의 전부 또는 일부 내용을 재사용하려면 사전에 저작권자와 펴낸곳의 동의를 받아야 합니다.

홈페이지 바로가기

메이킹북스는 저자님의 소중한 투고 원고를 기다립니다.
출간에 대한 관심이 있으신 분은 making_books@naver.com으로 보내 주세요.

Chrysalis

크리살리스; 번데기

유호현 장편소설

메이킹북스

차례

[2070-10-03 FRI]	Well Ending Center	· 006
[2070-10-04 SAT]	Crack	· 019
[2070-10-06 MON]	Black Cat	· 030
[2070-10-08 WED]	Memories	· 042
[2070-10-08 WED]	50FoReturn Project	· 055
[2070-10-10 FRI]	Ending Credit	· 065
[2070-10-11 SAT]	Clue	· 078
[2070-10-12 SUN]	Evolution	· 087
[2070-10-13 SUN]	Bible	· 098
[2070-10-14 MON]	Black Ample	· 109
[2070-10-14 MON]	French Connection	· 120
[2070-10-14 MON]	Love Story	· 135
[2070-10-14 MON]	The Key	· 143

[2070-10-15 TUE]	VIPER	· 150
[2070-10-15 TUE]	Chrysalis	· 164
[2070-10-15 TUE]	Choir	· 175
[2070-10-16 WED]	BirthDay	· 184
[2070-10-16 WED]	Vikers	· 197
[2070-10-16 WED]	Family Art	· 209
[2070-10-17 THU]	The &	· 227

[2070-10-03 FRI]
Well Ending Center

 2070년 10월 3일 금요일 아침 7시 50분. 10분 후 데이빗의 하루가 시작된다. 이제 막 해가 뜬 시간이지만 출근을 서두르는 사람들 사이로 웰엔딩센터 밖에는 벌써 많은 대기자들이 줄지어 서 있다. 죽기 위해 줄을 선 그들을 데이빗은 무감각하게 바라본다. 눈물을 흘리는 사람도 있고 덤덤한 표정의 사람도 있다. 마치 마지막으로 세상을 기억 속에 담으려는 듯 주변의 모든 것을 깊은 생각에 잠겨 둘러보는 사람까지 다양한 모습이다. 가끔 웃는 사람도 있다. 물론 그런 이들은 정말 드물지만. 수명 중단 프로그램인 엔딩크레딧을 실행하는 웰엔딩센터는 50세 생일을 맞이한 사람들의 수명을 중단시키기 위해 도시 곳곳에 위치한 정부 관할 공공기관이다. 건물 전체가 투명한 유리로 되어 있고 모든 직원이 흰색 유니폼을 착용하는 이곳에서는 항상 마음을 안정시키는 피아노 연주나 클래식이 조용히 흘러나온다. 가족의 마지막을 배웅하기 위해 웰엔딩센터를 찾아온 사람들로 매일 아침 이곳은 학교만큼이나 붐빈다. 인생의 졸업식이라고 부를 수 있을까? 엔딩크레딧 대상자들은 안구, 지문, 유전자 등 생체 정보를 통한 본인 확인 절차와 잔여 수명 여부 체크가 끝나면 데이빗과 페드로 같은 엔딩머신 엔지니어들이 대기하는 방으로 들어가서 50년의 삶을 평화롭게 마감한다. 그래서 웰엔딩센터는 365일 매일 쉬지 않고 문을 연다. 생일인 사람이 매일 존재하는 한, 웰엔딩센터의 직원인 데이빗도 매일 셀 수 없이 많은 사람들이 세상과 이별하는 것을 도와줘야 하는 것이다. 데이빗은 그들의 이별을 도와주고 있다고 스스로 표현하고 믿는다. 처음 이곳에 출근했을 때 이 이별 과정은 데이빗에게 죄책감과 고통, 충격을 안겨주었지만 직업으로서 이 행위가 익숙해진 지금은 아무런 감정없이 진행되는 단순 반복 업무에 지나지 않는 것이 사실이다. 심지어 정기적으로 이용자들의 서비스 만족도 조사와 평가까지 받아야 한다. 그리고 마리와 데이빗, 단출한 두 가족의 생계를 책임지고 있는 이 직업은 매일 오후 5시에 모두가 지칠 무렵 끝이 난다.

"그거 알아?"

옆에서 첫 번째 신청자의 엔딩크레딧 작업을 벌써 마친 선배 직원 페드로가 말을 걸었다. 페드로의 옆 테이블 위에는 아내가 챙겨 준 아침 식사, 피넛젤리샌드위치가 냅킨도 없이 자연스럽게 놓여 있다. 데이빗은 가끔 이런 죽음의 장소에서 저렇게 편하게 아침을 즐기는 페드로의 익숙함과 무던함이 부럽기도 하다. 애써 무덤덤한 척하지만 자신에겐 여전히 그들을 보내는 것이 쉬운 일이 아니기 때문이다.

"예전에는 말이야. 그러니까 한, 5년 전쯤. 그땐 하루에 엔딩크레딧 작업이 센터마다 500명이 넘었대."

페드로가 싸 온 샌드위치를 한 입 크게 베어 물며 능글능글한 표정으로 말했다. 손가락 사이로 삐져나온 딸기잼이 유난히 빨갛고 끈적해 보인다.

"진짜? 죽을 맛이었겠네. 죽는 사람보다, 죽이는 사람이."

데이빗의 농담에 페드로가 키득거렸다. 그들이 농담으로 다음 업무 준비를 하는 사이 데이빗의 오늘 첫 번째 엔딩크레딧 대상자가 누군가의 손을 꼬옥 잡고 대기선에서 기다리고 있다. 그런 그들을 눈치 챈 페드로가 데이빗의 허리를 쿡 찌른다. 기척을 느낀 데이빗이 그들을 바라보며 공손하게 인사했다.

"아, 오늘 첫 번째 신청자신가요?"

"네, 카일 엔더슨. 다음 주 화요일 생일입니다."

"일찍 오셨네요?"

"네, 그렇게 되었군요."

카일이라고 자신을 밝힌 남자가 준비실에서 완료한 생체 정보 본인확인서와 3일 14시간이라고 기재된 잔여 수명 증명서를 데이빗에게 제시하며 조심스레 옆에 서 있는 여자를 바라본다.

"잔여 수명은 상속하실 계획인가요?"

"아뇨, 따로 가족은 없습니다. 사실은, 제 아내 조안나가 오늘 생일이거든요."

"아, 그러세요? 생일 축하드립니다. 조안나 씨. 그래서 두 분이 함께 신청하셨군요? 그럼… 잔여 수명은 상속 없이 진행되고… 어디 보자…. 누가 먼저 진행하실 건가요?"

생일 축하마저도 기계적인 데이빗은 이제 곧 이 세상과 이별할 그들을 애써 외면하며 엔딩크레딧 준비를 서두르고 있다.

"네, 저기… 그래서 말인데…."

잠시 주위를 둘러보며 망설이던 카일이 주머니에서 노란색 봉투를 조심스럽게 꺼낸다. 그런 카일을 바라보며 데이빗이 당황스러운 듯 봉투를 꺼내던 카일의 오른손을 잡아 도로 주머니에 욱여 넣으며 말했다. 카일이 그런 데이빗을 빤히 바라본다.

"카일 씨, 잘 아시겠지만. 불가능합니다. 엄연히 불법이에요."

데이빗은 이 장면을 본 사람이 없는지 황급히 주변을 살피며 말했다.

"압니다. 물론 잘 알죠. 하지만, 내 아내 조안나를 도저히 혼자 보낼 수 없어요. 무슨 말인지 아시죠?"

카일의 눈에는 어느새 눈물이 그렁그렁 고여 있다.

"이 사람은 알츠하이머를 앓고 있거든요. 그리고 오늘 아침은 컨디션이 좋아요. 날 알아보고 있죠."

"카일… 안 된대요? 그런데 나 지금 너무 무서워요…. 저 기계 안에서 발작이라도 한다면…."

"조안나, 잠깐만 기다려주겠소? 여기 이 친절한 신사분과 대화가 아직 안 끝났어요."

많이 불안한지 목소리가 떨리는 조안나를 향해 데이빗이 친절하게 말했다. 이런 순간을 대비한 매뉴얼도 마련되어 있다. 정해진 답변 말이다.

"절대 그럴 일 없어요 조안나 씨, 수면가스는 정량으로 주입되고

95% 이상 평온하게 이별하십니다."

곧 다가올 죽음에 대한 설명을 너무 끔찍할 만큼 친절하게 상담해 주는 데이빗의 모습은 조금 기괴하기까지 하다. 매뉴얼대로 대답한 데이빗이 못 본 척하지만 실제로는 이쪽 이야기를 모두 듣고 있는 페드로를 살며시 바라본다. 데이빗을 향해 고개를 돌린 페드로가 윙크를 하곤 다시 돌아섰다. 이제 판단은 오롯이 데이빗의 몫으로 남게 된다. 페드로는 눈을 감기로 했으니까.

"제발, 저희가 함께 떠나도록 도와주세요. 우리 부부의 마지막 소원이에요."

데이빗의 거절과 설명에도 조안나, 카일 부부는 간절하게 데이빗을 바라봤다.

"두려움은 짧은 순간 유행하는 질병이 아니라, 피할 수 없는 감정이라는 것, 당신 역시 잘 알잖아요. 데이빗."

조안나가 데이빗의 명찰을 지그시 바라보며 마지막까지 설득했다. 그런 그녀의 간곡한 부탁에 데이빗이 카일을 바라보며 고민 끝에 입을 뗀다.

"카일 씨, 가스가 부족해서 두 분 중 한 분만 성공하거나 둘 다 실패할 수도 있어요. 그리고 그건…."

"압니다. 저희 책임이죠. 상관없습니다. 물론 지금까지 실패한 적 없다는 것도 알구요."

데이빗의 말이 끝나기도 전에 카일이 밝게 웃으며 재빨리 다짐을 한다. 그리고 다시 노란 봉투를 꺼내 조심스럽게 데이빗의 손에 쥐여 준다. 이번에는 데이빗이 거절을 하는 대신 누구 보는 사람은 없는지 주위를 살핀 뒤 봉투를 가슴 속에 넣는다. 페드로가 돌아선 채 이쪽을 외면하고 고개를 끄덕인다. 그제야 데이빗은 엔딩머신 캡슐 뚜껑을 열어 두 사람이 함께 눕도록 허락해줬다. 엔딩머신에 누우면 몇 분 후 두 사람이 수면에 빠질 수 있도록 수면가스가 주입된다. 그리고 이내 질소가 주입되며 산소가 부족해지면 대상자들은 영원한 잠의 나라로 여행을 떠난다. 물론 편도 티켓이다.

"고마워요. 데이빗. 우리가 마지막으로 함께할 시간을 허락해줘서."

데이빗에게 모종의 사례금을 건넨 카일과 조안나가 엔딩머신에 함께 눕는다. 그리고 이제야 안심이 되는 듯 조안나는 카일의 손을 꼭 잡고 그의 품에 안겼다. 그런 조안나를 안심시키고 싶었는지 카일이 그녀의 얼굴을 자신의 가슴에 묻으며 역시 눈을 감고 수면가스 주입을 기다리고 있다. 아주 간혹 데이빗에게 찾아오는 사람들은 오늘과 같은 어려운 부탁을 한다. 이들처럼 부부가 함께 엔딩크레딧에 임할 수 있도록 눈감아 달라는 것이다. 가끔 부부가 아닌 쌍둥이, 형제, 자매나 아주 친한 친구 사이도 함께 온다. 물론 이들의 부탁을 들어주는 것은 엄연히 불법이다. 엔딩머신 안에서 공급되는 질소와 수면가스, 수명 중단약물이 1인용이기 때문에 두 사람이 동시에 진행되면 정상적인 사망에 이르지 못할 수 있기 때문이다. 하지만 뇌물까지 준비하며 함께 죽음을 택한 이들에게 이런 실패는 그다지 중요한 고려 사항이 아니다. 어차피 그들에게 남은 유일한 이벤트는 죽음이며 그 순간을 함께하고 싶다는 것이 이 세상에서의 마지막 소원이기 때문이다. 데이빗은 조안나와 카일이 서서히 잠드는 것을 확인한 뒤 카일이 준 봉투를 품 안에서 슬쩍 열어 본다. 제법 많은 돈이 들어 있다. 데이빗은 조용히 그중의 절반을 나눠 페드로의 샌드위치 아래에 냅킨 대신 깔아줬다. 그리고 나서 만약을 대비해 엔딩머신에 세팅되어 있는 여분의 질소를 추가 투입하여 두 사람이 문제없이 함께 눈감을 수 있도록, 다시 깨어나지 않도록 도와줬다. 이제 두 사람은 5분 뒤에 함께 50년의 인생을 마치게 된다. 얼마간의 시간이 흐른 뒤, 엔딩크레딧이 끝난 시신 인도를 위해 엔딩머신 밖으로 나온 카일과 조안나 두 사람의 표정은 마치 잠이라도 든 것처럼 평온했다. 데이빗은 과연 저들에게 호의를 베푼 것일까? 아니면 살인을 한 건 늘린 것뿐일까? 그에게는 매번 혼란스러운 순간이다.

"데이빗, 고마워. 잘 쓸게."

페드로가 고가의 냅킨을 냉큼 주머니에 집어넣으며 배시시 웃어 보였다. 페드로에게 이 돈은 상당히 요긴하게 쓰일 참이다. 페드로의 아내인 미란다가 다음 달 출산이기 때문이다. 페드로와 미란다는 둘 다 올해 서른이다. 올해 아이를 출산하지 못하면 두 사람은 법적으로 출산이 금지된다. 피프티포리턴(50ForReturn)이란 철저한 인구 조절 정책 속에 정부는 서른 이후의 출산을 금지하고 있다. 그래서 두 사람에게 이번 출산은 자식을 얻기 위한 인생 마지막 기회나 다름없다. 한껏 기분이 좋아 보이는 페드로를 서글픈 표정으로 바라보던 데이빗이 중얼거렸다.

"청부 살인을 한 기분이야. 돈을 받으니까."

"글쎄, 돈을 안 받았으면, 그냥 연쇄 살인 아니야? 어차피 죽었을 거잖아."

평소처럼 페드로가 농담을 던졌지만 이번엔 데이빗이 대꾸하지 않았다. 다음 대상자가 벌써 입장하고 있었기 때문이다. 눈물범벅이 된 채로.

퇴근 길 버스에 오른 데이빗은 창밖을 멍하게 바라보았다. 금요일 밤이라 그런지 많은 사람들이 길가에 서서 병째 술을 마시며 흥청거리고 있다. 하지만 아직 그의 머릿속에는 카일과 조안나의 모습이 지워지지 않고 있다. 애써 그들의 흔적을 지우기 위해 데이빗은 시선을 창밖으로 돌렸다. 마침 신호에 걸린 버스가 횡단보도 앞에 멈춰 선다. 반대편 건물 지하로 내려가는 입구에는 금요일 밤의 쾌락을 즐기려는 행인들과 이들을 유혹하는 호객꾼들로 북적인다. 건물 외벽에 설치된 대형 광고 패널에는 한껏 치장한 건강미 넘치는 모델이 등장해 정부가 승인한 리무브바이오의 50FoReturn Project를 홍보하고 있다.

더 이상 질병을 걱정하지 마세요.
그리고 환경을 걱정하지 마세요.
우리의 미래를 위한 프로젝트! 피프티포리턴!
지구가 회복할 그날까지 계속됩니다.

소중한 50년의 삶을 리무브바이오가 함께해요!
건강하게, 그리고 행복하게!

　말도 안 되는 광고라고 생각하며 데이빗은 눈을 감아 버린다. 지구 환경과 에너지 절약을 위해 모든 사람이 50년만 사는데 행복할 수 있을까? 쓸데없는 옳고 그름의 잡념에 시달리며 퇴근한 데이빗이 집에 돌아와 마리가 차려 놓은 저녁을 먹기 위해 식탁에 앉았다. 데이빗은 손도 닦지 않은 채 귀에 노이즈캔슬링 이어폰을 착용하더니 저녁 식사를 시작했다. 바로 옆방 안에 마리가 누워 있지만, 적어도 퇴근 후 갖는 저녁 시간만큼은 엄마의 비명 소리를 듣고 싶지 않다. 데이빗의 유일한 가족은 어머니 마리뿐이다. 그리고 마리는 크랙이라는 불치의 질환을 앓고 있다. 크랙은 환자들에게 한 시간마다 견딜 수 없는 고통을 선사하는데 그 고통은 길면 10분 이상 지속되기도 한다. 이렇다 보니 크랙 환자들은 정상적인 생활이 불가능하다. 그리고 크랙은 전체 사망률 3위라는 놀라운 수치로 그 잔인함을 증명한다. 물론 환자들이 크랙의 고통으로 직접적인 사망에 이르지는 않는다. 다만 크랙이 주는 한 시간 간격의 고통은 평범한 사람이 견디기엔 너무 괴로울 정도라 대부분의 감염자들은 발병 후 한 달을 넘기지 못하고 사망한다. 물론 스스로 말이다. 한 시간마다 비명을 질러야 한다는 것. 그만큼 극심한 고통이 멈추지 않고 찾아온다는 것은 삶을 이어갈 희망이나 의욕은 물론 주변 사람마저 환자를 포기하게 만드는 잔인함을 갖고 있다. 그래서 크랙은 죽음의 알람, 신의 부름 등 여러 가지 별명으로 불린다. 마리 역시 이 고통을 이기지 못해 몇 번이나 데이빗에게 수명 상속 프로그램을 신청하자고 말할까 망설였다. 50년이란 제한된 수명 속에서 스스로 삶을 포기하는 것은 잔여 수명 가치를 상속하거나 증여할 수 있는 합법적 여건을 만들어주기 때문이다. 물론 가족 외 타인과의 수명 거래는 엄격히 금지되어 있다. 상속 증여는 물론 양도도 불가능하다. 오직 가족만이 수명 상속의 대상이 될 수 있다. 그래서 혹자는 크랙을 후대를 위한 상속 질병이라고 부르기도 한다. 하지만 그런 고민이 들 때마다 마리를 붙잡아준 단 한 가지는 바로 남편 조셉의 마지막 부탁이었다.

'마리, 절대 포기하지 말고,
당신만이라도 꼭 데이빗 곁에 있어줘.'

마리는 가끔 조셉이 자신에게 찾아올 크랙을 알고도 이런 부탁을 한 것일까? 라는 원망이 들곤 한다. 크랙 비명을 멈춘 마리가 땀범벅이 된 얼굴에 옅은 미소를 띠며 데이빗이 식사 중인 주방으로 들어왔다. 그제야 데이빗은 귀에서 이어폰을 빼며 반갑게 마리를 바라보았다.

"많이 식었지?"
"아뇨. 괜찮은데요? 엄마는 드셨어요?"
"나야 먹었지. 노래 부르기 전에."

마리의 농담에 데이빗이 미소 짓는다. 한 시간 뒤면 마리는 또다시 극심한 크랙의 통증에 시달릴 것이다. 하지만 적어도 그 사이 잠시 허락된 시간 동안 마리는 온전히 아들과 대화하며 평범한 삶을 만끽하고 싶다. 그 짧은 시간이 누군가에게는 그저 커피를 한잔하거나, 멍하게 앉아 드라마를 한 편 보는 데 쓰일 시간이지만 마리에게는 아들과 평범한 일상을 나눌 수 있는 귀한 시간이다.

"오늘 오랜만에 동반 엔딩을 요청한 부부가 왔어요."

데이빗이 접시를 비우면서 마리에게 말했다. 그리고 마리의 얼굴을 바라보았다.

"그러면 조금이라도 덜 무서울까요? 더 행복하고?"

"글쎄, 두려움과 슬픔은 바람과 같거든. 우리 눈에 보이진 않지만 너무 확실하게 느껴지지. 행복하기 위해서가 아니라 그 바람 앞에서 사랑하는 사람을 숨기고 싶었을지도 몰라."

마리가 서글픈 표정으로 데이빗에게 말했다. 마리는 데이빗이 웰엔딩센터 업무를 힘들어 하고 있음을 잘 알고 있다. 매일같이 처음 본 사람의 삶을 인위적으로 중단시킨다는 것은 업무로 포장되어 있을 뿐 암묵적 살인이라고 생각하게 되기 때문이다. 그럼에도 데이빗은 생계를 위해 꿋꿋이 참으며 일하고 있기에 마리는 그저 미안하고 고마울 뿐이다. 어두운 표정의 데이빗을 바라보던 마리가 말했다.

"수십 년 전… 이미 사람들은 동반 웰엔딩을 진행했었단다."

"네? 정말요?"

마리의 말에 데이빗이 깜짝 놀라 고개를 든다.

"2023년이었을 거야. 당시 네덜란드에서 총리를 지낸 한 남자가 아내와 함께 안락사를 선택했지. 그는 2019년부터 지금은 간단히 치료할 수 있지만 당시로선 치명적이었던 뇌출혈로 고생하고 있었어. 그리고 동갑이었던 부부는 서로가 없이는 떠날 수 없음을 직감하고 있었단다."

"그래서, 그래서 두 사람이 오늘 제가 본 그 부부처럼 함께 세상을 떠났나요?"

"맞아. 그랬어. 하지만 아주 중요한 한 가지가 달랐단다."

"그게 뭔데요?"

"그들은 70년을 함께 살았고, 93세의 나이에 어쩔 수 없이 죽음을 선택했어. 주어진 인생을 모두 산 거지."

마리와 데이빗의 표정이 어두워진다.

"지금은… 어쩌다가 이렇게 된 걸까요?"

"글쎄… 처음 안락사, 조력사는 인권 문제와 장애인 등 의사 표현이 힘든 사람들에게 위협이 될 수 있다는 이유로 많은 곳에서 배척당했단다. 하지만 1994년 미국에서 처음 존엄사라는 개념이 합법화되었고 2020년대 들어와서는 네덜란드, 캐나다, 미국, 호주, 뉴질랜드, 벨기에, 스페인 등이 조력사를 합법화했지. 이때까지만 해도 안락사, 조력사, 존엄사는 이름이 다르지만 스스로가 떠날 시기를 선택하고 고통 대신 죽음을 선택하는 존중받는 과정이었어."

"하지만 지금은 50년만 주어지고 나머지 삶은 돈 주고 사라는 협박을 하는 중이죠."

데이빗은 더 들을 것도 없다는 듯 실망한 표정으로 식탁에서 일어

[2070-10-03 FRI] Well Ending Center · 17

섰다. 식사를 마치고 설거지를 준비하는 데이빗의 뒷모습을 바라보던 마리는 서둘러 방으로 들어가 입을 베개로 틀어 막았다. 서서히 크랙의 통증이 찾아오고 있음을 느꼈기 때문이다. 데이빗은 이어폰을 다시 끼고 접시를 마저 비운 뒤 설거지를 시작했다. 두 개의 작은 방. 거실과 따로 구분되지 않는 좁은 주방. 그 소박한 공간에서 데이빗이 매일을 살아가는 것은 엄마 마리를 위해서다. 자신을 위해 고통을 참고 버텨주는 마리를 위해 데이빗 또한 주어진 삶을 헛되이 낭비하지 않겠노라 다짐하곤 한다. 그렇게 두 사람은 서로에게 대체할 수 없는 버팀목이 되어주고 있다. 조셉이 바란 것이 이런 것일까? 자신이 빠져 버린 빈자리를 두 사람이 서로 기대어 이겨내는 것? 아무도 모를 일이다.

[2070-10-04 SAT]

Crack

 예산이 쉽게 배정되지 않는 치안부 소속의 수사센터는 수십년 전 지어진 건물 모습 그대로를 문화재처럼 잘 간직하고 있다. 엘리베이터는 걸어 올라가는 것보다 느린 속도로 안전성을 보장하며, 화장실은 사람들이 어디서든 찾을 수 있도록 냄새를 풍겨 편의성을 제공한다. 조금만 힘센 수감자가 들어와서 공을 들이면 얼마든지 휠 것 같은 철창 안에는 별의별 죄목으로 길거리에서 캐스팅된 시민들이 각자의 사연을 떠들어 대는 중이다. 저마다의 당위성과 합리적 이유를 외치며 웅변가처럼 소리를 지르는 그들 사이의 자잘한 주먹다짐과 욕설은 분위기에 활력을 더하는 양념처럼 빈번하다. 이곳은 시내 복판에 위치한 수사센터다.

 "뭐 하는 녀석이야?"

 검은 슈트에 흰색 스니커즈, 단추를 두 개나 풀어헤친 베이지색 셔츠를 입은 마커스가 책상에 앉아 터치패널 자판을 두드리며 진술서를 만드는 라일리에게 신경질적으로 물었다. 여전히 30년 전 경찰 같은 꾀죄죄한 모습으로 짜증을 내는 마커스를 향해 라일리가 조용히 진술서를 들어 읽어줬다. 라일리는 가끔 마커스의 저 베이지색 셔츠가 원래는 흰색 아니었을까? 라는 합리적인 의심을 하곤 한다.

"말론 베인스, 살인, 공문서 위조요. 재범이네요. 악질이에요."

"살인?"

안 그래도 짜증이 가득했던 마커스의 얼굴이 험상궂게 변한다. 검은 정장 재킷을 벗어 의자에 건 마커스가 심문 책상에 앉은 용의자를 들이받기라도 하려는 듯 면도를 안 한 거칠한 얼굴을 가까이 들이댄다. 한껏 벌어진 베이지색 셔츠 틈으로 찢기고 다친 상처들이 보이자 베인스는 흠칫 놀라 뒤로 물러나 앉는다.

"누구를 죽이셨나? 용의자 양반."

"…"

베인스가 아무 말 없이 고개를 돌린다. 마커스가 잠시 책상을 만지는가 싶더니 책상 한 귀퉁이를 살짝 들어올려 책상 다리 하나로 베인스의 발등을 찍어 버린다.

"아아아악!!"

"어이구, 크랙 환자야? 웬 비명이 이리 커? 말을 안 하길래 벙어리인 줄 알았지. 아니네?"

"제발요. 그만하세요. 제 아내. 아내입니다. 아내를 죽였어요."

베인스가 비명인지 진술일지 모를 소리를 고통 속에 질러 댄다. 아내라는 답변에 마커스의 표정이 한층 험상궂게 변한다.

"아내? 그럼 공문서 위조는 뭐야?"

베인스가 고통으로 대답을 못하자 라일리가 대신 설명했다. 마커스가 또 사고를 칠까 봐 초조하지만 그렇다고 안 알려주면 안 알려주는 대로 베인스의 턱은 대답을 할 때까지 얻어터질 걸 너무 잘 알기에 어쩔 수 없다.

"수명 상속 문서 위조예요. 자기 부인을 죽이고는 자살처럼 위장한 뒤 수명 상속 서류를…."

라일리가 초조하게 사건 내용을 읽어 내려갔지만, 마커스는 더 듣지도 않고 반대편 책상 다리마저 들어 베인스의 나머지 발등을 짓이겨버렸다. 아니나 다를까 조사실 안은 베인스의 비명 소리로 가득 찼다. 흥분한 마커스가 무서운 표정으로 소리쳤다.

"쓰레기 같은 놈. 그렇게 해서 몇 년이나 더 살려고 한 거야? 아내를 죽여서!"

"몇 년까진 아니네요…. 음… 8개월이요."

"뭐? 몇 개월?"

클라이막스다. 라일리의 대답에 다시 한번 마커스의 표정이 일그러졌다. 그의 앞에 앉은 살인 용의자 베인스는 눈물 콧물 범벅이 되어 울고 있다. 발등을 찍힌 통증 때문인지, 후회가 밀려온 참회의 눈물인지 알 수 없다. 그리고 마커스 역시 그게 뭔지 알고 싶지 않다. 마커스는 옆에 있던 의자를 들어 베인스를 두들겨 패기 시작했다. 예상된 수순이다. 간신히 라일리가 말리지 않았다면 아마 머그샷도 찍지 못한 베인스는 영정사진을 찍었어야 할 것이다. 씩씩대는 마커스를 조사실 밖으로 끄집어 낸 라일리가 짜증을 내며 마커스를 반대편 벽으로 겨우 밀어냈다.

"선배, 정말 죽고 싶어요?"

"내가? 질문이 잘못된 거 아냐? 죽이고 싶냐고 한 거지?"

"그러다 용의자가 죽기라도 하면 어떤 징계를 받는지 몰라요? 아무리 업무 과정 중에 생긴 일이라도 살인에 대한 징계는 우리도 똑같이 엔딩크레딧을 당해야 한다구요. 그러니 실수라도 누굴 죽일 생각은 하지 말아요. 적어도 내 앞에선."

라일리가 손에 피를 잔뜩 묻힌 마커스에게 손수건을 건넨다.

"어차피 죽일 놈, 편하게 가스로 죽이느니 패서 죽여야 해."

"적당히 하세요. 선배 실력이나 실적이 엄청나니까 다들 넘어가는 거지 그렇지 않으면…."

"그렇지 않으면 뭐?"

라일리가 눈치를 보며 입을 다문다.

"나 아니면, 지금 블랙캣을 소탕할 위인이 또 계신가?"

"알죠. 아는데~"

"알면 됐어. 출동 준비나 해. 저런 쓰레기 상대할 시간에 건설적인 일 좀 하자, 라일리."

마커스가 성큼성큼 앞서 걷기 시작했다. 저 손수건은 또 못 받겠네. 라일리가 중얼거렸다.

"데이빗, 빨리 오픈해! 끝났잖아!"

페드로가 짜증스러운 얼굴로 데이빗에게 소리를 질렀다. 엔딩머신 안에는 이미 이 세상 사람이 아닌 신청자가 사망한 채 누워 있다. 퍼뜩 정신을 차린 데이빗이 사망자를 기계에서 꺼낸 뒤 사망확인서를 작성하고 클리닝팀을 호출했다. 평소답지 않게 집중하지 못하는 데이빗을 페드로가 걱정스럽게 바라봤다.

"데이빗, 오늘 무슨 일 있어? 왜 이렇게 멍해? 너 또 게임하면서 밤 샌 거야?"

페드로가 걱정스러운지 농담 섞인 핀잔을 던진다. 평소였다면 시시껄렁한 농담으로 받아 쳤을 데이빗이지만 오늘은 웬일인지 조용하다. 사실 데이빗에게 오늘은 견디기 힘들 만큼 혼란스러운 날이다. 평소와 같은 일상을 보내던 데이빗에게 한 시간 전 전혀 낯선 존재가 찾아왔기 때문이다. 아니 아주 익숙하고 그리운데 피하고 싶었던 존재가 데이빗을 찾아왔다.

(한 시간 전)
"데이빗 스커비 씨. 맞으시죠?"
"네, 맞습니다. 무슨 일이시죠?"
"오프라인메시지 특송서비스가 도착했어요. 여기 서명해주실래요?"
"제게는 올 게 없는데…?"
"글쎄요? 전 그저 전달을 할 뿐이에요. 발신처는 적혀 있네요. 스틸웰교도소. 반드시 오늘까지 전달하고 내용 확인도 금일 중 꼭 하시도록 안내하라는 주지사항이 달려 있네요."

스틸웰교도소라는 말에 데이빗은 깜짝 놀라 터치펜을 떨어트리고 말았다. 교도소에서 자신에게 올 메시지는 오직 한 사람에 대한 것

밖에 없기 때문이다. 아버지. 데이빗의 아버지 조셉은 20년 전, 데이빗이 마리의 배 속에 있을 때 구속되었다. 마리가 아이를 낳을 수 있는 마지막 해인 서른이 되던 해 마리와 조셉은 꿈에 그리던 아이를 갖게 되었고, 회사에서의 성공과 함께 모든 행복이 두 사람의 바로 앞에 와 있는 듯했다. 인정받는 고위직 연구원이었던 조셉과 안정적인 교사였던 마리였기에 함께 그릴 미래는 더없이 평화로워 보였다. 하지만 그 행복은 조셉의 손에 단 한 번도 들어오지 않았다.

(2050-09-02 / 20년 전 리무브바이오 연구실)

"조셉, 어서 피해야 할 것 같아요."

"잠깐 이 작업만 마치고. 지금 아니면 불가능해. 지금이어야 해."

"당신 체포 영장이 발부되었어요. 방금 이사회에서 공지된 내용이에요. 시간이 없어요."

조셉의 서포터 연구원인 고든의 내부 신고로 조셉의 특수 정보 관리법 위반 체포 영장이 발부되었다. 조셉의 팀원인 그레이스가 고든의 신고 내용을 듣고 조셉에게 미리 알려주지 않았다면 조셉은 아무런 준비도 없이 오늘 밤 구속되었을 것이다.

"수사센터에서 언제 들이닥칠지 몰라요. 어서 나가요."

그레이스가 조셉을 다그쳤다. 마침 데이터 전송이 끝난 것이 확인되자 조셉은 옷을 챙겨 입기 시작했다. 중요한 내용은 모두 알게 되었다. 조셉은 가방에 몇 가지 중요한 짐들을 주섬주섬 챙겼다.

"고마워 그레이스, 하지만 이건 안 돼. 옳지 않아. 어떤 방식을 쓰든, 내가 바로잡겠어."

"행운을 빌어요. 조셉.'

그레이스를 뒤로하고 조셉은 서둘러 연구실을 나섰다. 조셉은 급히 전화를 걸기 시작했다. 벌써 다섯 번째다.

"젠장, 빨리 받으라고!"

조셉은 점점 조급해진다. 그때, 드디어 상대방의 목소리가 들렸다.

"지금 나가 스톤, 거기서 봐. 비밀을 밝힐게."

그리고 그 약속은 조셉의 마지막 외출이 되었다. 조셉은 마리의 배 속에 있는 아들 데이빗도 보지 못한 채, 보장되어 있던 행복을 빼앗기고 특수 정보 관리법 위반이라는 중범죄의 피의자가 되면서 마리와 데이빗의 곁을 떠났다. 그리고 그 한 번의 이별이 영원이 될 줄은 그도 몰랐다. 25세의 나이로 가석방 없는 20년형을 선고받은 조셉은 형기가 끝나면 엔딩크레딧이 집행되는 법정 최고형에 처해졌기 때문이다. 그 무렵 마리가 조셉과 더불어 유일하게 의지할 수 있었던 조셉의 친구 스톤도 조셉과의 약속 장소에서 종적을 감추었다. 마리는 그렇게 외로움과 두려움 속에 데이빗을 홀로 출산해야 했다. 그런데 20년이 지난 오늘. 데이빗에게 뜻밖의 메시지가 도착한 것이다.

발신: 스틸웰교도소 / 수신: 데이빗 스커비
/ 메시지: 조셉 스커비 엔딩크레딧 안내

스틸웰교도소에서 날아온 메시지다. 20년 형기가 마감된 아버지 조셉의 엔딩크레딧 일정이 잡혔다는 내용이다. 사형이나 다름없는 엔딩크레딧 전에는 대상자의 소원 한 가지를 들어주는 규칙이 있다. 그 한 가지 소원으로 조셉은 처음이자 마지막이 될 만남, 아들 데이빗을 보고 싶다고 신청했다. 메시지를 받고 데이빗은 두려움, 흥분, 슬픔, 분노가 뒤섞인 감정으로 쉽게 답장을 할 수 없었다. 페드로의 농담과 핀잔 속에서도 오후에는 한층 더 업무에 집중하기 힘들었다. 웰엔딩머신에 눕는 신청자들의 모습이 마치 얼굴도 모르는 자신의 아버지 조셉같이 보였기 때문이다. 데이빗은 스무 살이 되어 처음으로 아버지를 만나게 될 기회가 생겼지만 쉽게 마음이 열리지 않았다. 아니 이런 고민을 준 그 메시지가 원망스럽기까지 했다. 데이빗은 페드로에게 남은 일들을 부탁하고 감기를 핑계로 조퇴했다. 오늘은 도저히 더 일할 기분이 아니다. 집에 돌아온 조셉은 빈 식탁에 앉았다. 말없이 고민을 하는 데이빗에게 통증이 잦아든 마리가 방에서 나와 조심스럽게 말을 걸었다.

"일찍 왔네, 데이빗? 말도 없이. 연락하지 그랬어."

"…"

멍한 표정의 데이빗은 마리에게 무언갈 말하려다 만다. 그런 데이빗을 측은하게 바라보던 마리가 먼저 아들의 어깨에 따뜻한 손을 얹었다.

"한 시간 만에 다 끝낼 수 있을지 모르겠구나."

"네?"

이미 마리는 조셉으로부터 메시지가 올 것을 알고 있었다. 내색은 못했지만 조셉이 구속된 후 달력에 매일 조셉을 향한 그리움을 표시하고 있었기에 20년째가 되는 이번 달에 조셉의 삶이 마지막 페이지에 도착할 것임을 알고 있었기 때문이다. 아버지와의 첫 만남을 망설이는 데이빗에게 마리는 언제나 그랬듯 자신의 기억 속에 생생한 조셉의 이야기를 들려주고 싶었다.

"혼란스럽구나…. 그렇지?"

"이대로가 그냥 좋을 것 같다는 비겁한 생각이 들어요. 만나는 게 과연 맞는지도 모르겠구요."

"이해해, 한 번도 본 적 없는 아버지니까."

"그래도 제가 만나야 하겠죠? 그분의 마지막 소원일 테니…."

"글쎄… 그건 네 선택에 달렸지. 하지만 아버지는 절대 네가 부끄러워할 필요가 없을 만큼 훌륭한 사람이란 건 분명해. 20년 전, 구속되기 전 조셉은 국가의 보건의료서비스를 위탁 총괄하는 리무브바이오의 수석연구원이었어. 환경 오염과 자원 고갈로 인구의 인위적 감축이 논의될 때 시작된 지금의 50FoReturn프로젝트도 네 아버지 손에서 탄생했지. 사람들의 건강을 관리하고 수명을 조절하기 위한 체내 삽입 캡슐 에이필과 관리 프로그램인 인공지능 비커스도 아버지의 작품이란다."

"아버지가 지금의 이 세상을 만들었다구요? 50년만 사는 세상을?"

데이빗이 처음 듣는 이야기에 깜짝 놀라 마리를 바라봤다.

"글쎄, 결정은 국가와 투표를 통해 이뤄진 거지. 아버지는 그 결과로 도입된 프로젝트를 성공시키기 위한 연구를 완성했다고 하는 게 더 정확하겠구나. 조셉은 이 모든 프로젝트가 인류를 위한, 그리고 세상에 태어날 너를 위한 숭고한 희생이자 혁신이라고 믿었고, 대학을 졸업하고 리무브바이오에 입사한 후 5년 간 의욕적으로 팀을 이끌었어. 그리고 놀라운 성과를 내는 데 성공했지. 그 후 뭔가가 잘못되었지만, 적어도 조셉이 신념에 어긋나는 행동을 하지 않았을 것이라고 엄마는 믿는단다."

어느새 마리의 눈가엔 촉촉한 눈물이 맺혀 있다. 데이빗은 조셉이 촉망받는 연구원이자 천재였다는 이야기를 엄마로부터 수도 없이 들었다. 하지만 그의 손에서 지금의 50세 제한 세상이 탄생했다는 것은 처음 듣는 말이었다. 이 무서운 시스템이 아버지의 손을 통해 세상에 정립되었다는 것이 믿기지도 않고 그저 신기할 따름이었다. 마리는 이 이야기를 왜 여태 한 번도 안 했을까?

"만약 조셉이 우리 곁에 있다면, 다정하고 책임감 강한 남편, 유능하며 천재적인 연구원, 그리고 어쩌면 누구보다 훌륭한 아버지가 되었을 거야. 네 아버지는 학창 시절에도 선생님의 사랑을 독차지하는 멋진 사람이었으니까."

분위기를 바꾸려는 듯 마리가 웃으며 두 사람의 러브 스토리를 들려줬다. 30년 전 스무 살의 신참 교사이던 마리는 처음 맡은 학급에서 열정적인 학생이었던 열다섯 살의 조셉을 만났다. 천재적인 능력을 지녔던 조셉은 이후 5년 뒤 스무 살에 대학을 우수한 성적으로 조기 졸업하고 리무브바이오에 스카우트되며 연구원 생활을 시작했다. 그리고 이 무렵 자신의 선생님이었던 마리를 다시 찾아 그동안 숨겨왔던 사랑을 고백했다. 그렇게 두 사람은 만난 지 5년 만에 연애를 시작했고 5년의 시간이 더 흘렀을 무렵 마리와 조셉에게는 데이빗이라는 선물이 찾아왔던 것이다. 물론 조셉은 그 선물을 품 안에 한 번도 안아보지 못한 채 이별해야 했지만. 지금이라도 그는 자신의 아들을 간절히 보고 싶어하며 그리워하고 있다. 비록 한 시간만 허락된 차분한 모자간의 대화 시간이었지만 데이빗이 조셉을 만나러 가기로 결정하게 도와주는 데에는 충분한 시간이었다. 다행히 데이빗의 결심이 단단해진 후 마리의 크랙 쇼크와 통증을 참는 비명이 시작되었다. 하지만 마리의 표정만큼은 한결 마음이 편해졌는지 여느 때보다 평온해 보였다.

[2070-10-06 MON]
Black Cat

  벽에 걸린 아름다운 그림들이 그녀가 음악보다는 미술을 좋아하는 사람이라는 것을 말해주고 있다. 고급스러운 실크 벽지 위에 가득 걸려 있는 가족 사진은 더할 나위 없이 행복한 표정이다. 그러나 지금 이 순간, 그 어느 곳보다 잘 꾸며진 고급 아파트 최상층에 위치한 카밀라의 방에는 이곳과 어울리지 않게도 병원 응급실보다 많은 의료진이 모여 동분서주하고 있다. 그리고 방 안은 엄청난 비명 소리가 가득하다.

"진통제라도 써보란 말이야!"

"죄송합니다. 장관님, 기다리는 것이 좋습니다. 더 처방하는 것은 무리입니다."

  의료진의 답변에 페어백 장관이 분을 이기지 못하고 멱살을 잡는다. 하지만 그런다고 상황이 나아질 것이 없음은 그도 잘 알고 있다. 여전히 방 안은 온통 카밀라의 비명 소리만이 가득하다. 호출된 의료진들이 난감해하며 여러 조치를 취해보지만 애초에 알려진 바와 같이 크랙은 발병되면 죽지 않는 이상 그 통증의 이유가 불명확하다. 그저 지속 시간이 10분을 넘지 않기를 기다리는 수밖에 없다. 심지어 이 지독한 통증에는 진통제나 마취제도 거의 들지 않는다. 국가의 치안 시스템을 총괄하는 치안부장관 페어백의 딸 카밀라는 지난 주부터 급성 크랙 질환이 시작되었다. 그녀는 한 시간 간격으로 자신을 죽여 달라며 아버지와 함께 모여든 의료진에게 엔딩크레딧을 애원하고 있다. 하지만 늦게 얻은 귀한 외동딸을 페어백 장관은 절대 잃을 수 없다. 상상도 하기 싫은 상실이다. 그때 카밀라의 방 문에 차가운 노크 소리가 들린다. 소리에도 냄새가 있다면 딱딱하고 차가운 얼음 냄새가 날 만한 노크 소리였다. 페어백이 그렇게 기다리던 리무브바이오의 총괄 연구원 고든이 도착한 것이다. 페어백은 분노한 표정으로 고든에게 성큼성큼 다가선다. 인사 따위는 이미 안중에도 없다.

"고든, 자네는 리무브바이오의 총괄연구원이야! 알고 있나?"

뒤이어 나올 대사를 이미 알기에 고든은 조용히 다른 생각에 잠기기로 한다. 페어백 장관은 고든을 세워 둔 채 크랙을 치료하지 못하는 고든의 무능함과 지연되는 리본크리에이팅 시술에도 조치를 취하지 못하는 리무브바이오에 대한 비난을 장황하게 늘어놓았다. 크랙의 통증이 최대 15분간 지속되니 적어도 앞으로 8분은 더 이 잔소리를 참아야 한다. 다행히 카밀라의 크랙 고통이 서서히 잦아들 무렵 드디어 페어백의 마지막 대사가 나왔다.

"고든, 난 그럼에도 자네를 신뢰하네. 부디 사안의 시급함을 이해해주기 바라네."

리무브바이오의 총괄연구원 고든은 한 시간마다 들리는 카밀라의 비명만큼이나 고통스러운 페어백 장관의 으름장을 두 번이나 더 들고 나서야 세 시간 만에 풀려날 수 있었다. 한숨을 쉬며 아파트 밖으로 나오자 고든의 기사와 차량이 대기하고 있다.

"복귀하지."

기사가 지친 고든을 태우고 리무브바이오 본사로 차를 몰고 갔다. 차 안에서 생각에 잠긴 고든은 정리되지 않는 판단들과 스트레스를 이기지 못하고 주먹으로 차창을 깨 버릴 듯 내리쳤다. 얼마 지나지 않아 차가 미끄러지듯 리무브바이오 연구소 정문에 도착하자 보안요원들이 달려 나와 뒷좌석 문을 열어준다. 82층. 리무브바이오의 중앙통제실. 이곳에 들어오면 고든은 항상 집처럼 편안함을 느낀다. 하지만 요즘 서서히 그 편안함이 유실되는 느낌이다. 리무브바이오의 중앙통제실은 책임자 고든의 일터이자 국가의 보건, 의료시스템을 책임지는 통제센터다. 이곳에서 딥러닝을 통해 발전을 거듭하고 있는 인공지능 비커스를 활용해 수십 년간 국가의 보건, 의료 시스템은 안정적인 통제를 이어왔다. 물론 50세가 되면 인생을 마감해야 하는 사회구조에 부적응한 일부 위법자들(이들을 정부는 블랙캣이라고 부른다)의 일탈이 종종 문제를 일으키지만 페어백 치안부장관의 도움으로 리무브바이오의 오류는 크게 드러나지 않는, 대수롭지 않은 대를 위한 소의 희생으로 치부되기 충분했다. 하지만 최근 비커스에 점차 원인을 알 수 없는 오류들이 나타나기 시작했다. 고든과 중앙통제실의 명령에 불복하거나, 자의적인 판단을 내리기 시작한 것이다. 아직은 괜찮지만 지속된다면 큰 문제가 될 사안이다.

"어때? 진전이 좀 있어?"

고든이 코트를 벗어 의자에 던지더니 화면을 뚫어지게 바라보고 있는 그레이스의 어깨에 다정하게 손을 얹으며 묻는다. 월요일 아침이라 그런지 그레이스의 책상에는 벌써 빈 커피잔이 세 개나 쌓여 있다. 그레이스는 이미 마흔이 넘었지만 여전히 아름다운 외모를 자랑하고 있다. 가끔 고든은 이런 여자라면 결혼을 해도 좋지 않을까 라는 생각을 혼자 할 정도다. 이렇게 똑똑하고 아름다운 사람도 9년 뒤면 엔딩머신에 누워야 한다는 것이 불공평하다고 고든은 가끔 생각한다. 하지만 어쩌겠나. 세상이 정한 규칙인 것을.

"글쎄, 전혀 없다고 하면 싫어하겠지요? 그런데 없네요."

기대하고 있던 고든이 깊은 한숨을 내쉰다.

"오늘 강제 리무빙은 몇 명이야?"

고든의 새로운 질문에 이번에는 반대로 그레이스가 한숨을 내쉰다. 뭔가 마음에 안 내킬 때 습관인 펜 끝을 잘근잘근 씹는 모습이 나타나는 걸 보니 평소보다 많다는 것을 고든은 직감할 수 있다.

"10월 6일생 중 미신청자. 114명이요."

"100명이 넘었다고?"

그레이스가 말없이 고개를 끄덕인다. 고든은 이해가 안 된다는 듯 머리를 두 손으로 감싼다.

"대체 어떤 멍청이들이 고통을 즐기는 거야? 웰엔딩센터로 가서 편하게 엔딩크레딧을 신청하면, 수면 가스로 고통 없이 죽을 수 있는데 왜 인정하지 않고 집에서 고통스럽게 죽는 거지? 대체 왜 리무빙이 될 때까지 나타나지 않냔 말이야!"

고든이 분노하며 소리를 지르자 통제실의 다른 직원들이 슬금슬금 자리를 피한다. 어느새 중앙통제실에는 고든과 그레이스만이 남아 한숨을 쉬고 있다. 그레이스가 고든을 바라보며 말했다.

"스스로 죽음을 구걸하지 않겠다는 것일지도 모르죠. 적어도 선택권이 있다는 걸 보여주고 싶거나."

"그렇다고 그렇게 극심한 고통 속에 죽음을 택한다고?"

"안 그래도 계속 단속하고 있는데도 에이필 미접종자가 증가하잖아요. 고통 속에 죽지 않으려고."

"그레이스, 지금 블랙캣이라도 될 걸 그랬다는 후회를 하는 거야?"

"그런 말은 하지 않았어요. 고든."

그레이스의 말에 어이가 없다는 듯 고든이 안경을 벗으며 노려본다. 누구나 스무 살 생일이 되면 집에서 가장 가까운 웰엔딩센터로 가서 홍체, DNA 본인 인증을 받고 에이필 인젝션, 즉 몸 안에 에이필 캡슐을 삽입하는 주사를 맞아야 한다. 그래야 에이필을 통해 신분을 스캔할 수 있고 경제 활동은 물론 사회 활동도 할 수 있는 시민 등록이 이뤄지기 때문이다. 물론 에이필 인젝션을 통해 캡슐이 몸 안에 들어가면 에이필 캡슐은 몸 속을 돌아다니며 간단한 질병을 치료하거나 몸 안에 들어온 전염성 병균을 소멸시켜주는 보건서비스를 제공한다. 이것이 리무브바이오와 정부가 지금의 사회를 통제하는 방식이며 50세 인구 제한 제도를 이어갈 수 있는 무기이기도 하다. 리무브바이오와 치안부는 20세 성인이 되었음에도 인젝션을 받지 않아 몸속에 에이필이 없는 사람들을 추적이 되지 않는 검은 고양이, 블랙캣이라고 불렀다. 에이필이 체내에 심어지지 않은 반사회분자들, 즉, 블랙캣들은 위치 추적도, 건강 상태 확인도 불가능했다. 달리 말하면 블랙캣들은 신분 증명은 물론 그 어떤 경제 활동도, 의료서비스도 누릴 수 없는 정부 통제 밖의 사람들이다. 그럼에도 그들에게 절대적인 한 가지 특권이 있다면 50세가 되어도 엔딩크레딧에 포함되지 않는 것이다. 일반 시민들처럼 몸속에 에이필이 심어졌다면 50세 생일이 되기 전 정부에서 마련한 웰엔딩센터로 가서 삶을 마감해야 한다. 만약 그날을 넘기면 체내의 에이필이 강제 수명 중단 활동을 시작하며 고통스러운 전신 약물 확산을 진행하기 때문이다. 에이필은 최초 개발된 목적인 시민들의 건강 관리, 신분 증명 목적 외에도 수명 강제 중단 기능, 쉽게 말해 리무빙이라는 살인 기능을 포함하고 있기 때문이다. 어찌되었든 블랙캣들은 신분 증명과 경제활동이 막힌 만큼 잠재적 범죄자 내지는 어떤 바이러스를 옮길지 모르는 위험인자로 낙인 찍혀 있다. 하지만 정부의 바람과 달리 날이 갈수록 블랙캣은 증가하고 있으며, 설상가상으로 치안부와 리무브바이오의 블랙캣 감시 기능은 매우 저조한 상태로 악화되고 있다. 게다가 최근 인젝션을 정상적으로 받은 평범한 시민들의 크랙 발병율이 급증하면서 리무브바이오를 통한 수명 통제 체제, 즉 피프티포리턴 프로젝트, 50세 수명 제한 프로젝트는 조용한 위기에 봉착하고 있다. 고든은 이 모든 원인을 찾아서 해결해야 한다는 부담감에 최근 수개월 잠을 이루지 못하고 있다. 골똘히 생각에 잠겼던 고든이 그레이스에게 물었다.

"혹시 스틸웰교도소 가본 적 있어?"

대략 100년 전에는 스크린 속에 나오는 화면이 흑백인 시절이 있었다고 한다. 3D화면으로 모든 스크린이 입체인 지금과 비교해 보면 상상이 되지 않는 옛날 이야기다. 그런데 만약 그 시절 스크린을 볼 수 있다면 그건 아마 여기, 스틸웰교도소 같을 것이란 생각을 데이빗은 하고 있다. 이 공간에서 유채색을 띠고 있는 것은 오직 자신뿐이라는 사실이 몹시도 어색하다. 월요일이지만 휴가를 내고 이곳에 도착한 데이빗은 청바지에 빨간 후드티를 입은 자신이 이곳에 얼마나 이질적인 존재인지 시각으로 한껏 느끼는 중이다. 온통 검은 옷의 교도관들과 차가운 은색으로 둘러싸인 교도소 공간. 그리고 그 안에 창백할 정도로 하얀 수감복을 입은 수감자들까지. 그 어떤 것 하나 색깔이라고 부를 만한 것이 없는 곳이다. 이들이 먹는 음식도 설마 색깔이 없을까? 라는 엉뚱한 생각을 하는데 동행하던 교도관이 데이빗에게 먼저 말을 건다.

"가끔 자해를 시도하는 수감자들이 있어요. 조금이라도 피가 묻으면 보이기 좋도록 흰색 옷을 입히고 있죠. 위생 관리에도 좋고요. 아, 이런 이야기 불편하죠?"

"아니요, 괜찮습니다."

불필요할 정도로 친절한 젊은 교도관의 안내를 받으며 데이빗은 아주 좁은 방 안에 도착했다. 그녀는 이 짧은 거리를 이동하는 동안 데이빗에게 사소한 이야기까지 늘어놓느라 한시도 입을 쉬지 않았다. 궁금하지도 않고 조금은 시끄러웠지만 그래도 그녀 덕분에 긴장을 풀 수 있었다. 사방이 유리로 된 방에는 딱딱한 철제 의자 두 개. 같은 재질의 차가운 테이블과 생수 두 병이 전부다. 마치 맡을 수 없는 냄새가 있는 것처럼 데이빗의 코에는 날카롭고 차가운 무언가가 스며든다. 기다리는 동안 데이빗이 상담실 안을 조금 더 꼼꼼히 살펴보았다. 상담실 안에 있는 사람들의 대화를 듣기 위한 검은색 마이크와 감시를 위한 검은색 카메라가 설치되어 있는 이곳엔 온기라고는 느껴지지 않는다. 프라이버시나 인권 따위는 없는 상당히 정직한 공간이랄까? 인터뷰룸이라 적혀 있는 이 작은 방에 도착한 데이빗은 교도관의 수다에도 불구하고 긴장을 감출 수 없다. 조셉이 도착하기도 전에 자신 앞에 놓인 생수 한 병을 비우고 나니 그제서야 대포 소리보다 큰 울림의 노크 소리가 들린다. 상담실에서 기다리는 동안 아버지의 첫인상이 궁금하다는 현실이 냉혹하기도, 우습기도 했다. 노크 뒤 두꺼운 철문을 열고 들어 온 조셉은 마치 데이빗의 25년 후라고 해도 믿어질 만큼 닮아 있었다.

"안녕? 데이빗."

얼마나 많은 고민 끝에 꺼낸 첫 인사일지 데이빗은 모를 것이다. 조셉은 어색한 공기가 짓누르는 침묵을 잠시라도 허락하지 않으려는 듯 첫 인사와 동시에 데이빗을 따뜻하게 안아주었다. 아버지라는 사람의 품에 안기자 데이빗 역시 순식간에 어색함이 무너져 내림을 느꼈다. 이런 게, 가족의 힘일까?

"보고 싶었어요. 아버지."

데이빗 역시 몇 번을 고민했던 첫 인사를 힘겹게 꺼냈다. 두 사람은 짧게 허락된 대화를 공개적인 곳에서 녹화가 되는 가운데 제한적으로 허락받았고 마리의 안부, 데이빗의 웰엔딩센터 근무 이야기 등 소소한 일상과 농담으로 20년의 공백을 지워 나가기 시작했다. 데이빗이 걱정한 것보다 조셉은 표정도 밝았고, 그런 조셉이 데이빗은 못내 고맙고 신기했다.

"그래도 마지막으로 널 볼 수 있어서 다행이야. 데이빗."

마지막이라는 조셉의 말이 데이빗의 가슴에 비수처럼 날아와 꽂힌다. 조셉의 그 말에 데이빗은 여러가지 감정이 주스처럼 뒤섞이는 것을 느꼈다. 그리고 자기도 모르게 가장 묻고 싶었던, 그리고 감추고 있었던 질문을 던져 버렸다.

"그 정도로 큰 잘못을 했어요? 아버지?"

데이빗의 질문이 당혹스러웠는지 조셉은 카메라를 올려보았다. 하지만 이내 거칠 것이 없다는 듯 대답을 이어갔다. 마치 용기를 낸 것처럼.

"글쎄, 누군가에게는 큰 잘못일 수 있겠지. 하지만 적어도 너에게, 그리고 나 스스로에게 부끄러운 것은 없다고 하면 적당할 것 같구나."

"대체 뭘 잘못하신 거죠? 아버지는 아주 중요한 프로젝트를 직접…."

"데이빗, 데이빗, 내 이야기를 먼저 들으렴."

조셉이 데이빗의 말을 오늘 만나고 나서 처음으로 가로막았다.

"데이빗, 나의 지난 이야기는 이제 중요하지 않단다. 지금 가장 중요한 건 너, 데이빗 너의 이야기야. 넌 아주 특별해."

데이빗은 조셉이 말을 돌리려 한다고 생각했다. 모든 부모가 그렇듯 자신의 자녀에게 특별하다고 강조하는 조셉의 모습이 어색했다. 그가 어려운 질문을 받고 회피하고자 그저 평범한 부모로서의 사랑을 표현하고 있다고 생각했다. 하지만 조셉은 멈추지 않았다.

"잊지 마, 넌 정말 특별한 아이란다. 나에게도, 세상에게도."

조셉은 어색한 미소를 지으며 주머니에 손을 집어넣어 무언가를 꺼냈다. 그러자 문이 거칠게 열리며 인상이 험악한 교도관이 들어와 조셉의 손을 거세게 잡았다.

"교도관님, 허가 받은 물건입니다. 보세요."

조셉은 서둘러 서류를 손으로 가리켰다. 교도관은 조셉의 서류를 잠시 검토하더니 그의 손을 놓아주고 주머니에서 꺼낸 물건을 테이블에 조심성 없이 툭 내려놓았다. 데이빗은 교도관의 그런 태도가 못마땅했지만 달리 방법이 없음을 잘 알고 있다.

"반출 허가 유품, 성경책? 조셉. 당신이 신을 믿었어? 스스로를 신이라고 생각해서 들어온 사람이?"

교도관이 경멸하는 눈빛으로 조셉을 바라봤다. 데이빗은 일어서서 그의 턱을 한 대 갈기고 싶은 충동을 간신히 억눌렀다. 잠시의 소란 끝에 조셉은 데이빗에게 유일하게 허용된 유품인 성경책을 건넬 수 있었다. 데이빗은 조용히 성경책을 펼쳐보았다. 조셉은 뭔가 불안해 보였지만 그저 데이빗을 조용히 바라보기만 할 뿐이다. 성경책을 몇 장 넘기자 성경책 사이에서 엽서가 후두둑 떨어졌다. 데이빗이 황급히 바닥에 떨어진 엽서들을 주웠다. 혹시라도 교도관들이 또 들어와서 허락된 물품이니 아니니 하며 시비를 걸 것 같았기 때문이다.

"괜찮아, 데이빗. 네 생각이 날 때마다 썼던 엽서들이다. 세 장뿐이지만⋯. 반출 허가 품목이야."

데이빗이 땅에서 주운 엽서들을 물끄러미 바라보다 서둘러 재킷 주머니에 집어넣었다. 조셉이 안심시켜주었지만 적어도 지금 이 순간이 아버지와의 마지막 순간이고, 사소한 물건이라도 데이빗이 간직할 수 있는 유일한 아버지의 흔적이라는 가슴 아픈 생각이 들었기 때문이다. 그렇게 5분이 더 지나자 두 명의 교도관이 다시 방에 들어왔다. 한 사람은 데이빗을 세상 밖으로 안내하기 위해, 나머지 한 사람은 열흘조차 남지 않은 조셉의 수감 생활을 안내하기 위해. 데이빗은 조셉과의 짧은 만남을 뒤로하며 방을 나설 때 뒤늦은 후회와 눈물이 찾아옴을 알게 되었다.

"다들 그래요, 나갈 때쯤 울죠. 아마 그제서야 실감이 나서일 거예요."

친절한 교도관이 위로했지만, 뭐라고 하는지 들리지 않았다. 데이빗은 그저 조셉이 건넨 성경책을 손에 쥐고 다시 오지 않을 만남이 끝났음을 아쉬워하고 후회할 뿐이다. 어쩌면 조셉이 뒤돌아서 상담실을 나간 뒤에 눈물이 흐른 것이 그나마 다행인지도 모르겠다. 아니, 이 눈물을 보지 못해서 아버지가 오히려 서운할까? 잡념에 휩싸인 채 교도소 문을 나서며 데이빗은 마치 멀리 낯선 곳에 짧은 여행이라도 다녀온 듯 멍한 기분이 들었다. 어차피 있으나 마나 한 존재였던 아버지지만 그래도 살아 있고, 존재한다는 사실이 위로가 되기도 했다. 하지만 이제 곧 아버지라는 존재가 세상에 없다는 새로운 사실이 새삼스레 서글펐다. 월요일 한낮, 교도소 문 밖은 더 이상 방문객이 없는지 서늘한 가을바람에 낙엽이 뒹굴 뿐 고요함 그 자체다. 쭉 뻗은 길에 늘어선 은행나무들만이 노란 손수건을 흔들며 데이빗을 배웅했다. 만남을 뒤로하고 집으로 가기 위해 한적한 그 길에 들어선 순간 데이빗은 뒤통수에 아찔한 충격을 받고 바닥에 쓰러져 낙엽처럼 나뒹굴었다. 고개를 돌릴 틈도 없이 데이빗을 공격한 모터사이클은 손에 쥐고 있던 성경책을 빼앗아 달아났다. 어찌해 보기도 전에 낡은 오토바이는 눈앞에서 사라졌다. 그렇게 데이빗은 소중한 아버지의 유품을 잃어버렸다. 허무하게 소매치기에게.

[2070-10-08 WED]
Memories

"총 여섯 명입니다. 절도 넷, 인젝션 거부 둘. 바로 수감합니다."

치안부 소속 수사센터 현장 요원들이 본부로 무전을 하고 있다. 치안부 소속의 현장 담당 수사관 마커스는 호송 차량에 기대 연신 담배를 피우는 중이다. 검은 양복과 어울리지 않는 하얀 스니커즈와 셔츠는 오늘도 알록달록 빨갛고 검은 얼룩투성이다.

"그렇게 묻으면 지워지긴 해요?"

오늘도 어김없이 청바지에 후드티 하나만 걸친 라일리가 웃으며 마커스에게 다가온다. 마커스는 그런 라일리가 추워 보이는지 대신 몸서리를 치며 웃는다.

"왜? 세탁이라도 해줄 거야?"

"엄청난 기대를 하고 사시는군요?"

라일리가 마커스 손에 들린 담배를 빼앗아 깊이 들이마신다.

"무기는?"

"여전해요. 없죠."

"평화로운 놈들이라고 편드는 거야?"

"그런 말 한 적 없거든요? 그저 이렇게까지 대규모 출동은 안 해도 된다고 말하고 싶은 거예요. 나도 좀 적당히 쉬게."

블랙캣 검거 현장에 어울리지 않는 아름다운 미소를 선사하는 라일리가 마커스에게 웃어 보인다. 마커스는 오늘도 검거 작전에서 고군분투했다. 이번 주만 벌써 세 번째 출동이고 스무 명째 검거다. 블랙캣은 일반 범죄자 대비 체포 실적 인정 폭도 큰데다 최근 그 수가 급증하는 추세라 부쩍 검거 작전이 잦아졌다. 게다가 에이필을 접종하지 않은 블랙캣들은 인공지능 시스템 비커스를 활용한 검거작전 지원도 거의 불가능하기 때문에 마커스처럼 현장의 잔뼈가 굵은 수사관일수록 유리하다. '어차피 죽는 인생 몸뚱이를 아껴봐야 손해다'라는 신조를 지닌 마커스 같은 열혈 수사관이 없었다면 아마 지금쯤 거리는 온통 블랙캣들로 인한 절도로 아수라장이 되었을지도 모른다. 오늘도 자그마치 6명의 블랙캣 검거에 성공했지만 마커스는 여전히 스트레스가 해소되지 않는지 이마에 난 오래된 상처를 신경질적으로 긁고 있다.

"그나저나 신원 파악은 다 된 거야?"

"네, 출생신고는 다들 되어 있으니까요. 그리고…."

"말 안 해도 알아."

마커스가 꽁초를 도로에 튕겨내며 호송차량 앞좌석으로 몸을 옮긴다. 여전히 짜증이 나는지 이마의 상처를 긁어 대고 있다. 상처에서 피가 날 지경이다. 그도 그럴 것이 오늘 잡은 블랙캣 안에도 그는 없기 때문이다. 스톤.

같은 시각, 어딘지 모를 후미진 골목에서 스톤은 중요한 거래 중이다. 부유층들이 거주하는 시내 중심가 레디시로드에서 훔친 전리

[2070-10-08 WED] Memories · 43

품들을 스톤의 옆에서 한 남자가 신중하게 살핀다.

"기다려, 일단 거래부터."

필요한 것을 잡기 위해 앞으로 나서는 젊은 여자를 가로막으며 스톤이 뒤에 있는 코나테를 바라보았다. 테이블 위에는 레디시로드에 나가 블랙캣들이 훔쳐온 물건들이 잔뜩 펼쳐져 있다. 값어치가 별로 안 나가는 생필품들은 블랙캣들끼리 그 자리에서 나눠 갖는다. 하지만 귀금속, 전자제품 등 가격이 높은 물건들은 생필품으로 교환해서 공동체를 유지하는 자원으로 활용한다. 이를 위해 활동하는 한 사람이 지금 스톤의 앞에 서서 물건들을 날카롭게 바라보며 음흉한 미소를 짓는다. 장물아비인 코나테다.

"오늘은 제법 귀금속이 많은데? 어떤 여편네 집인지 제대로 골랐나 봐? 조이!"

코나테가 현장 지휘를 맡고 복귀한 조이를 바라보며 웃는다.

"쓸데없는 데 관심 갖지 말고 가격이나 잘 쳐줘."

"당연하지! 우리같이 끈끈한 인연이 어딨어. 항상 그렇게 느끼지 않았어?"

"인연? 계산기를 들고 만나는 사이는 인맥이라고 하는 거야. 인연은 서로의 존재 자체가 위안이 되는 사이를 말하는 거고."

조이는 코나테에게 어이없다는 듯 대답하고는 먼 곳을 보며 담배를 피우고 있다. 코나테는 이 공간에서 유일하게 합법적인 시민이라고 분류할 수 있는, 몸 안에 에이필이 심어져 있는 장물거래 담당자다. 무역업을 하는 코나테에게 레디시로드에서 훔친 값비싼 물건들은 매우 좋은 먹잇감이다. 다시 판매하기 위해서는 수출밖에는 방법이 없기에 헐값에 좋은 물건들을 독차지할 수 있기 때문이다. 신중한 성격의 리더 스톤은 코나테 외의 장물아비와는 절대 거래하지 않기 때문에 그야말로 코나테의 독점이다. 물론 스톤을 상대로 너무 심하게 흥정을 하는 것은 금물이다. 그건 스톤이 용서하지 않는다. 코나테가 물건들의 가치를 스캔하고 조이와 흥정하는 동안 스톤은 코나테가 몰고 온 차량을 살피고 있다. 식량부터 휴지, 생수, 의류까지 공동체 유지를 위해, 아니 기본적인 삶을 위해 꼭 필요한 것들이 잔뜩 실려 있다.

"이봐, 코나테!"

스톤이 조이와 흥정 중인 코나테를 향해 갑자기 소리를 질렀다.

"너무 자세히 스캔할 필요 없어. 당신은 이걸 모두 두고 가야 하고, 대신 우리 건 다 줄 테니까."

"하지만 스톤, 이 중에는 나한테 필요 없는…"

코나테는 더 말을 이어가려다 무섭게 자신을 쏘아보는 스톤의 눈빛에 그만 말문이 막혀 버렸다.

"그래, 그러지 뭐, 매번 좋은 거래만 있는 건 아닌 게 우리 인생 아니겠어? 반쪽 인생. 하하하"

코나테가 킥킥대지만 아무도 따라 웃지 않는다. 실제 가치에 비해 터무니없이 낮은 가치로 환산되지만 코나테 외의 장물아비를 연결하는 것은 블랙캣 조직 전체에 위험이 너무 크다는 것을 스톤도, 조이도 조직원들도 잘 알고 있다. 스톤은 코나테가 떠나자 그가 두고 간 생필품들을 사람들에게 나눠주기 시작했다. 전장에서 돌아온 수고한 전사들(사회에선 도둑들이라고 부르지만) 그리고 아직 직접 자립할 수 없는 어린아이들에게 먼저 식량과 생필품을 배분했다. 이들은 강제로 할당되는 50년이라는 인생을 거부하고 에이필 인젝션을 포기한 사람들이다. 그로 인해 그 어떤 경제활동도, 복지혜택도 누릴 수 없지만 단순히 오래 살고 싶어서 이 체제를 거부한 것은 아니다. 누군가에 의해 강제로 살해당해야 하고 죽는 날을 미리 정해둔 채 숨 쉬는 50년이란 보이지 않는 감옥을 탈출하고 싶었을 뿐이다. 스톤은 이들의 안위를 걱정하고 보호하는 유일한 리더다. 스톤이 보급품을 나누고 있는 그때, 시내에 보내 두었던 카나리아가 돌아왔다. 카나리아는 사망자의 시신에서 에이필을 빼내서 들고 다니는 (감시망을 교란하기 위해) 일종의 정찰병이다. 이젠 사망자 시신 관리가 엄격해져서 그마저도 구하기 힘들다.

"스톤, 당신이 반가워할 소식이 있어요."

검은 마스크를 벗은 카나리아가 스톤의 귀에 조용히 소식을 전하자 스톤의 눈이 커졌다. 그리고 서둘러 어디론가 길을 나설 준비를 시작한다.

"조이, 트럭 준비해. 나와 같이 나간다. 물건들은 빨리 배분하고!"

중앙통제실에 앉은 고든은 물끄러미 비커스 프로그램이 구동 중인 딥러닝 화면을 바라보고 있다. 화면에는 사람의 눈으로는 확인조차 할 수 없이 빠른 속도로 방대한 양의 다양한 정보들이 스쳐 지나가고 있다. 이 화면은 모두 비커스가 보는 일종의 교과서이며 매 순간 비커스는 엄청난 양의 데이터를 축적하고 개선하며 고도화되는 중이다. 20년 전 조셉을 밀어내고 수석연구원 자리를 차지한 후 고든은 비커스와 함께 성공신화를 써내려 왔다. 모든 국민의 체내에 삽입된 에이필을 통한 비커스의 인체와 의학에 대한 딥러닝은 리무브바이오가 기대한 수준 이상의 결과물을 만들어냈고 막대한 수익은 물론 국가의 정책 결정에도 영향력을 행사하는 존재로 군림하는 결정적 계기를 마련해 주었다. 특히 50세로 제한된 삶의 시대 속에서 영생을 꿈꾸는 수많은 권력가, 상류층, 부유층을 상대로 비밀리에 제공한 RBC시술, 일명 리본크리에이팅(Re Born Creating)은 도덕적 경계의 판단을 무색하게 할 만큼 리무브바이오의 성장에는 절대적인 기여를 하고 있다. 물론 조셉처럼 그 기여도를 도덕의 저울에 올려 분별하려는 시도도 있긴 했지만 말이다.

<u>(2050-09-01 / 20년 전 리무브바이오 연구실)</u>

25세의 역대 최연소 수석연구원 조셉은 비커스 프로그램의 구동 과정을 모니터링하던 중 심각한 문제를 발견했다. 그건 비커스가 에이필에 명령을 내려 인간의 생명을 강제 종료시키는 리무빙 기능이 활성화되는 것이다. 에이필의 리무빙 기능은 개발 초기에 논의된 바 있지만 어디까지나 불치병 환자를 위한 인도적 조치, 존엄사 내지는 치안상 심각한 문제를 일으킨 강력 범죄자에 대한 형벌적 조치, 일종의 전자수갑으로만 제한적으로 검토되었다. 그리고 결국 에이필

과 비커스의 핵심 개발자였던 조셉의 반대와 윤리적 차원의 검토 끝에 실제 사용은 최종적으로 금지되었다. 그런데 그랬던 에이필의 리무빙 기능, 일명 살인 기능이 중앙통제프로그램인 인공지능 비커스를 통해 활성화되고 있는 것이다. 어떻게 수석연구원인 조셉도 모르게 에이필에 리무빙 기능이 탑재되어 있는지 조셉은 납득할 수 없었다. 분명 그는 이사회에서 리무빙 기능에 대한 반대 입장을 표명했고 이는 가결되었다. 하지만 지금 보다시피 에이필에는 그 기능이 탑재되어 있으며 비커스가 어떤 규칙에 의한 것인지 모르지만 실제로 그 기능을 활성화시키고 있었다.

(2050-09-02 / 20년 전 대통령관 프레스룸 오후 18:37)

  스톤은 인터뷰 전에 최종적으로 질문지를 점검하고 있다. 그는 어렵사리 대통령 담화를 앞두고 사전 인터뷰 기자단에 포함될 수 있었다. 정부 정책에 대해 항상 날 선 비판적 기사를 작성함에도 스톤이 명단에 포함된 건 어쩌면 그를 배제했을 때 돌아올 시민들의 비난을 의식한 불가피한 대통령관의 선택이었을 것이다. 그렇기에 스톤에게 과연 질문의 기회가 올 수 있을지는 미지수다. 그럼에도 스톤은 밤새 고민해서 작성한 질문지 목록을 꼼꼼하게 다시 살피고 있다. 작은 신문사의 기자인 그에게 이런 기회는 흔치 않기 때문이다. 그런데 그때 급할 때만 울리는 스톤의 세 번째 전화에서 진동이 느껴졌다. 'J'. 조셉이다. 중요한 인터뷰를 앞둔 스톤은 조셉의 전화를 무시했지만 그는 포기할 생각이 없는 끈질긴 사냥개처럼 연이어 다섯 번이나 전화를 걸고 있었다. 결국 견디지 못한 스톤이 질문지 목록 점검을 멈추고 전화를 받았다. 그리고 잠시 뒤, 스톤은 어렵게 얻은 대통령 사전 인터뷰 기회를 포기하고 대통령관 밖으로 나와야 했다. 그는 황급히 택시를 잡으며 전화에 대고 소리쳤다.

"지금 한 말, 정말이야? 30분 뒤. 거기서 봐."

(2050-09-02 / 20년 전 레디시로드 뒤편 골목 블루힐와이너리 오후 19:15)

"정신 나간 소리 하지 마!"

"어떤 거, 폭로하자는 거? 아니면 너와 내가 길을 걷다 언제든 죽을 수 있다는 거?"

"둘 다!"

스톤은 거칠게 소리지르며 와인잔을 벽에 던져버렸다. 다행히 주변에는 아무도 없고 와인바 사장은 그런 스톤을 자주 봤다는 듯 무심하게 다가와 깨진 잔을 정리하곤 돌아갔다.

"내가 지금 이 시점에서 믿을 건 너뿐이야. 스톤. 그리고 나 역시 엄청난 위험을 무릅쓰고 있어."

"마리와 곧 태어날 아이는 어쩌라고 이러는 거야! 사실이라 해도 이건 불가능하다고."

믿을 수 없는 이야기를 듣던 스톤은 조셉의 멱살을 잡았다. 하지만 조셉의 눈빛은 흔들림 없이 단호했다. 조셉이 비밀을 폭로하기로 마음을 먹은 이상 지금 당장은 언제 끌려갈지 모를 그의 이야기를 모조리 듣는 것이 순서다. 스톤은 심호흡을 크게 한 뒤 마음을 진정시키고 기자 정신을 발휘해서 조셉의 이야기를 패드에 옮겨 담기 시작했다. 조셉은 자신이 리무브바이오 수석연구원으로서 진행한 50FoReturn 프로젝트에 대한 모든 정보를 쏟아냈다. 철저한 보안 시스템이 가동되는 리무브바이오 내부의 이야기는 입에서 귀를 통해서만 공유될 수 있다. 조셉은 비커스의 이상 기능을 감지한 후 위험을 무릅쓰고 통제 정보에까지 접근하여 리무브바이오의 숨겨진 계획을 모두 찾아내는 데 성공했다. 사실 지구 환경 복원을 위한 인구 수명 조절 프로젝트인 50FoReturn은 이미 지구 환경이 상당 부분 개선되어 수년 전 완성되었으며 더 이상 인간의 수명을 50세에 묶어 둘 이유가 없다는 것이다. 그럼에도 불구하고 지속되고 있는 이 프로젝트는 로봇과 인공지능 시스템으로 자동화된 세상에 결국 많은 인구는 비용이라는 경제적 논리로 인해 숨겨지고 있다는 사실. 마지막으로 에이필 안에 리무빙 기능이 탑재되어 있으며 비커스가 이를 실행하기 시작했다는 비밀이 조셉에게서 스톤으로 전달되었다. 이야기를 옮겨 담으며 스톤은 몇 번이고 '사실이야?'를 반복했다. 도저히 믿을 수 없는 음모와 이야기 속에서 정신을 차리기 어려웠기 때문이다. 조셉의 말이 맞다면 모든 사람이 정부와 리무브바이오에 속아 50년이란 제한된 삶을 살고 있는 것이며 이를 어길 경우 언제든 죽을 수 있는 죽음의 캡슐을 접종받고 있는 것이다. 그들이 원한다면 누구든 죽일 수 있는 세상 속에서.

"이거 받아."

"싫어. 이건 또 뭐야. 더 무엇인가 감당해야 할 자신이 없어. 버겁다고."

조셉은 스톤에게 알 수 없는 앰플 2개와 인젝터를 쥐여 줬다.

"흰색은 내 아내 마리에게, 그리고 검은색은 너한테 주사해. 꼭. 잊지 마. 그리고 미안해."

영문은 알 수 없지만 조셉의 간절한 부탁에 스톤은 앰플 두 개를 일단 챙겼다. 그리고 그는 부지런히 저장한 조셉의 폭로 내용을 내일 아침 보도를 통해 공개할 생각이었다. 그간 많은 의심을 가지고 지켜봤던 50FoReturn프로젝트와 리무브바이오의 음모를 드디어 세상에 공개할 수 있게 된 것이다. 그런데 조셉과 스톤이 자리를 털고 일어서려던 그때, 조용하던 블루힐와이너리가 소란스러워졌다.

"손들어, 조셉 스커비. 당신을 특수정보 관리 위반 및 정책 반란 시도 혐의로 긴급 체포한다."

블루힐와이너리의 출입구가 벌컥 열렸다. 그리고 중무장을 한 치인부 수사센터 특수수사부대가 들이닥쳤고 놀라서 얼어붙은 조셉은 그 자리에서 검거되었다. 하지만 현장 취재를 하며 수도 없이 도망 다녀 본 스톤은 경험을 이용해 자신에게 달려오는 수사관의 이마에 아직 남아 있던 조셉의 와인잔을 던지고 창문으로 몸을 날려 그 자리를 피하는 데 성공했다. 와인잔을 이마에 맞은 수사관 마커스는 피를 흘리며 그 자리에 쓰러졌다. 와인바 주인은 이런 일에 익숙하다는 듯 조용히 다가와 마커스의 피가 묻은 와인잔 파편들을 정리하고 자리로 돌아갔다.

(2050-09-02 / 20년 전 리무브바이오 임원 회의실 23:08)

"아직인가요?"

리무브바이오의 회장 칼튼의 질문에 페어백 수사국장이 당황한다.

"조셉이 검거되었으니 괜찮을 겁니다. 스톤은 아직 추적 중입니다."

"스톤의 현재 위치는요?"

"그게…"

수사국장 페어백이 이제 곧 수석연구원이 될 고든을 바라본다. 그의 눈에는 간절한 도움의 요청이 담겨 있다.

"위치가 파악되지 않습니다."

고든의 간단 명료한 대답이 페어백은 살렸는지 몰라도 칼튼의 심기는 더 심하게 건드렸다.

"고든, 그게 가능한가? 에이필의 위치 추적을 통한다면…."

"스톤의 에이필이 추적되지 않습니다."

칼튼 회장의 이마에 깊은 주름이 생기며 눈빛이 차가워진다. 하지만 아랑곳하지 않고 고든이 이야기를 이어간다.

"어떤 방법을 쓴 건진 모르겠지만 에이필의 전원을 차단하거나, 몸 밖으로 빼내서 파괴한 듯합니다. 어느 쪽이든 스톤은 이제 블랙캣입니다. 그 어떤 경제활동도, 신뢰를 얻는 것도 불가능한 부랑자가 되었다는 말이죠. 그보단 무사히 검거된 조셉에게 집중해야 합니다."

위기의 순간에도 일목요연하게 상황을 정리하고 의견을 말하는 고든을 바라보며 칼튼이 그제서야 미소 짓는다.

"우리 새로운 수석연구원께서 나름 판단력이 뛰어나군?"

"수사국이 조셉을 어떻게 처리할지 정해주십쇼."

페어백이 칼튼에게 말했다.

"글쎄요. 일단 사회와는 완벽하게 차단시키되 살려는 두시죠."

테이블에 놓인 찻잔을 마저 비우려는 듯 빙글빙글 돌리며 칼튼 회장이 대답했다. 여유로운 그의 모습에 고든이 화가 나 소리쳤다.

"회장님! 조셉은 프로젝트의 비밀을 모두 알고 있습니다. 그냥 두면 위험합니다."

흥분한 고든과 달리 여유 있어 보이는 칼튼 회장이 고든을 지그시 바라보며 찻잔을 마저 비웠다.

"고든 박사."

고든과 칼튼 회장의 날 선 대화와 침묵에 임원실은 순간 무거운 정적에 잠겨 버린다.

"비커스를 완벽하게 구동하고 장악할 자신이 있나요? 물론 조셉 없이."

칼튼이 사냥꾼처럼 고든에겐 가장 아픈 질문을 끄집어 냈다. 마치 언제든 배를 가를 수 있다고 칼을 들고 거위를 바라보는 눈빛 같았다.

"한번 해 보겠습니다."

하지만 이내 온화한 미소로 눈빛을 감춘 그가 다시 말했다.

"하거나, 못하거나지. 한번 해보는 건 없어요. 고든. 지금까지 우리가 이렇게 성공한 건 우리의 능력도 있지만, 분명한 선택이 항상 함께했기 때문이죠. 비커스가 안정화되고, 고든 박사가 시스템을 제대로 장악할 때까진. 그때까진 조셉이 필요합니다. 만약을 대비해서죠. 일시적인 보험이랄까요? 이게 내 선택입니다. 이의 있나요?"

고든은 자존심이 상했지만 칼튼 회장의 말을 반박할 수 없었다. 비커스의 실제 개발자인 조셉과 달리 팀 내 조력자 중 하나였던 자신은 아직 비커스의 활용과 장악에 조셉만큼은 자신이 없었기 때문이다. 비록 조셉의 폭로를 눈치 채고 내부 보고를 함으로써 조셉의 자리를 빼앗을 수 있었지만 그만한 실력이 아니라는 사실은 칼튼 회장이 아니라도 스스로 느끼고 있는 바였다. 고든은 분했지만 더 이상 반대할 여유가 없었다. 그런 고든의 표정을 읽었는지 칼튼 회장이 여유 있는 미소를 띠며 말했다.

"그럼, 결정된 대로 하시죠. 고든, 시련은 우리를 더 지혜롭게 만드는 계기가 되곤 합니다. 너무 아쉬워하지 않길 바라요."

"고든 수석연구원님, 회장님 전화입니다."

20년 전 기억 속을 배회하고 있던 고든을 비서가 다시 현실로 불러들였다.

"네, 지금 올라갑니다."

한숨을 크게 내쉰 고든이 회장실을 향해 발걸음을 옮긴다. 이제 조셉은 없다. 고든과 비커스. 오직 둘뿐이다.

[2070-10-08 WED]

50FoReturn Project

'1년 연장 완료. 당신의 건강한 삶을 응원합니다.'

테이블 위에 놓인 페어백 장관의 스마트폰에 경쾌한 알람과 함께 메시지가 도착한다. 그제야 안심이라도 되는 듯 페어백은 자신의 앞에 놓인 커피잔을 들어 편안한 표정으로 입에 가져다 댔다.

"장관님, 새로운 1년 축하드립니다."

"감사합니다. 칼튼 회장님."

고든은 급하게 찾는다는 연락을 받고 올라온 회장실에서 별다른 용무 없이 회장과 치안부장관 두 사람이 커피를 마시며 담소를 나누고 있는 이 상황이 짜증난다. 장관의 수명 연장을 축하할 들러리가 한 명 더 필요했다는 건가?

"고든 자네도 와서 앉지."

칼튼 회장이 그제야 멀뚱히 서 있던 고든에게 자리를 권한다. 고급 가구들과 편안한 소파가 가득한 칼튼 회장의 방은 시간을 알 수 없도록 항상 모든 창문에 블라인드가 내려져 있다. 시계도 없다. 이곳에 들어오면 그래서 그와의 대화에만 집중하게 된다. 그게 고든은 짜증난다.

"아닙니다. 특별히 지시할 게 없으시면 비커스 구동 상황을 내려가서 모니터링하겠습니다."

"특별한 지시? 있지. 바쁜 자네를 그냥 부르기야 했겠나?"

칼튼 회장이 커피잔을 내려놓으며 고든을 빤히 바라본다. 그런 칼튼 회장의 모습을 페어백 장관이 긴장된 표정으로 지켜보고 있다.

"고든, 카밀라의 크랙, 치료할 수 있나?"

역시, 예상했던 질문이다. 페어백 장관은 아마 칼튼 회장에게 찾아와 크랙을 치료하지 못해 한 시간마다 비명을 지르는 딸의 이야기를 하소연하며 고든이 없는 곳에서 고든의 무능함을 고자질했을 것이다. 대안이 없다는 걸 알면서도 쏟아내는 그의 무지한 비난은 아무런 도움이 되지 않는데도 말이다.

"현재로선 불가능합니다. 일단 비커스를 더 고도화해서 원인을 찾는 것이…."

"조셉이라면, 조셉이라도 이렇게 크랙이 번지도록 뒀을까요?"

칼튼 회장이 고든의 이야기를 끝까지 듣지도 않고 말을 끊어버린다. 선 채로 고든은 어금니를 꾹 다물었다. 칼튼 회장은 한 번 잡은 약점은 상대가 죽을 때까지 활용하는 독한 사람이란 걸 잘 알고 있다. 함부로 말을 하거나 약속을 하기보단 참는 게 우선이다. 아무 말 못하고 서 있는 고든을 향해 칼튼 회장이 커피잔을 권하며 말했다. 항상 띠는 그 부드러운 미소와 함께.

"조셉의 엔딩크레딧이 다음 주라더군요. 자네에겐 다행 아닐까? 고든."

조셉에게라도 찾아가서 도움을 구하거나 당장 크랙 사태를 해결해보라는 칼튼 회장의 압박은 고든에게 커다란 부담이다. 고든은 생각할 시간을 달라고 말한 뒤에야 칼튼 회장과 페어백 장관이 숨 쉬고 있는 회장실에서 벗어날 수 있었다. 안 그래도 고든 역시 망설이고 있었다. 조셉이 세상을 떠나기 전, 마지막으로 도움을 청해볼까 하는 고민 때문이다. 시계가 없는 회장실 밖으로 나와 고든이 기댄 벽에는 이곳의 유일한 시계인 50FoReturn 프로젝트를 상징하는 리턴타이머만이 쓸쓸하게 양팔을 벌리고 있다. 자원 고갈과 환경 오염으로부터 지구를 회복시키기 위해 정부가 시작한 50FoReturn프로젝트. 이 프로젝트의 시작과 함께 인류는 50년이란 수명을 강제 배당받았고 리턴타임이라 불리는 환경 회복 시계 지표는 점차 완전한 회복, 해방을 의미하는 12시에 가까워지고 있다. 리턴 타임이 12시가 되면 이는 새로운 세상의 시작을 알리는 것으로 지구의 환경 개선이 완료되고 자원 고갈 문제가 해소되었음을 공식 선언하게 된다. 그럼 50세에 무조건 죽어야 하는 이 지긋지긋한 반 평생짜리 세상도 끝날 것이라고 사람들은 믿고 있다. 고든은 엘리베이터를 타지 않고 터벅터벅 계단으로 발걸음을 옮겼다. 수십 개의 계단을 내려가는 동안 누군가에게서 예전에 들은 이야기들이 망상처럼 머릿속을 떠다니고 있다. 현재 존재하는 리턴타이머에 앞서 아주 오래전 선조들에게는 둠스데이클락(Dooms day clock)이란 이름을 지닌 운명의 시계가 있었다. 미국 핵과학자 협회 BAS가 만든 둠스데이클락은 자정에 다다르면 지구가 멸망한다는 의미를 담고 있었다. 그런데 약 40년 전, 2030년. 인구폭발과 핵전쟁으로 결국 둠스데이클락은 파멸의 자정에 도달했다. 전쟁 후 황폐해진 환경에서 인류는 달 탐사와 화성 탐사에 열을 올렸지만 소득 없이 물러나야 했고 탐사 과정에서 발생한 폐기 위성과 우주 쓰레기들은 무분별하게 지구에 추락하며 또 다른 재앙을 일으키는 주범이 되어 버렸다. 망가진 환경, 부족한 자원, 많이 죽었음에도 여전히 환경 대비 넘치는 인구 속에 세상은 인위적인 수명 단축에 동의하고 리턴타임 회복에 함께 나서기로 협약한 것이다. 둠스데이클락이 자정에 도착하면서 새로운 자정을 기다리는 리턴타이머를 탄생시킨 꼴이다. 현재 리턴타이머는 10시 54분. 하지만 12시가 되기 전인 지금도 이미 페어백 장관이나 칼튼 회장처럼 일반 시민들과 달리 50년이 넘는 수명을 누리고 있는 사람들이 존재한다. 마커스처럼 가족으로부터 수명을 상속받은 사람들, 칼튼 회장처럼 얼마든지 수명 연장세를 지불할 능력이 충분한 부유층들, 국가의 권력을 장악한 이들이 바로 그들이다. 그리고 수명 연장이 하나의 특권이 된 지금의 세상에서 그들은 영생과 완벽한 젊음, 건강을 꿈꾸기 마련이다. 리무브바이오는 이 점을 철저히 이용했다. 그들이 국가의 보건, 의료 시스템을 장악하는 데 부유층과 지도자들의 빗나간 욕망을 충족시켜주는 것만큼 손쉬운 거래는 없었기 때문이다. 리무브바이오는 에이필을 이용해 모든 사람의 건강 상태와 유전자 정보를 비커스와 빅데이터로 관리할 수 있다. 그리고 그들이 원한다면 에이필의 숨겨진 리무빙 기능을 활성화시켜 특정인을 사망에 이르게 할 수도 있다. 특정 인물을 사망에 이르게 하는 것은 누군가의 욕망을 채우기 위한 은밀하고 잔인한 수단이 되어버렸다. 그런데 언젠가부터 에이필의 리무빙 기능이 오류를 일으키며 견디기 힘든 고통을 줄 뿐 사망에는 이르지 못하게 하고 있었다. 다행히 그 고통이 극심해 대상자들은 자발적으로 웰엔딩센터로 찾아오게 되지만 일부 사람들은 그 극심한 고통을 견뎌내면서 힘겨운 삶을 이어가고 있다. 마리처럼.

다음 엔딩크레딧을 준비하던 페드로는 귀를 의심했다. 웰엔딩센터가 쩌렁쩌렁 울릴 만큼 소름 끼치는 비명이 크게 울려 퍼졌기 때문이다. 처음에는 화재가 발생해서 울리는 사이렌인 줄 알 정도였다. 하지만 그 비명이 데이빗에게는 낯설지 않았다. 이건 크랙 환자에게서 들을 수 있는 고통의 비명이기 때문이다. 마리를 떠올리게 하는 그 비명이 멈추지 않고 지속되자 센터 직원들은 비명의 근원지를 찾아 여기저기 수색을 시작했다. 그때 여자 화장실 문이 벌컥 열리며 땀에 흠뻑 젖은 여자 한 명이 기진맥진 지친 표정으로 걸어 나왔다. 그리고 서서히 데이빗에게 다가왔다.

"다음 순서 신청자예요."

데이빗은 갑자기 나타난 젊고 아름다운 여자의 미모에 잠시 말문이 막혔지만 퍼뜩 정신을 차리고 업무용 태블릿을 살펴보았다.

"나이젤 앤더슨 씨. 50세?"

데이빗이 의아한 표정으로 여자를 바라본다.

"굉장한 동안이신가요?"

땀에 젖은 여자의 얼굴은 데이빗의 농담이 촌스럽게 느껴질 만큼 아름답고 젊다. 그녀는 절대 나이젤 앤더슨이 아니라는 뜻이다. 데이빗의 표정을 읽은 그녀가 힙겹게 입을 열었다.

"아니요. 미안해요. 사실 명단에는 없어요. 대신 여기."

여자가 주머니에서 약속처럼 등장하는 노란색 봉투를 꺼낸다. 딱 봐도 봉투는 매우 두껍다. 엄청난 금액이 들어 있을 것임이 분명하다. 하지만 데이빗은 이런 불편한 부탁도, 그의 앞에 선 낯선 미모의 여자도 모든 것이 어색하고 당황스럽다.

"죄송하지만 규정상 리스트에 있는 신청자만 엔딩크레딧이 가능해요."

"할 수 있다는 거 다 알아요. 부탁해요. 제발, 시간이 없어요."

실망으로 가득 찬 여자의 표정이 너무 간절하다. 데이빗은 순간 여러 가지 생각이 들었다. 도대체 이렇게 아름다운 여자가 왜 이리도 급하게 삶을 마감하려고 할까? 그리고 저 봉투엔 도대체 얼마나 많은 돈이 들어 있을까? 그런데, 시간이 없다고?

"빨리요, 부탁해요."

데이빗이 페드로를 바라본다. 하지만 오늘만큼은 페드로도 지금의 낯선 광경에 도저히 이해가 안 된다는 듯 멍하니 서서 두 사람을 지켜보고 있을 뿐이다. 비명 소리로 시작된 소란이 잦아들자 진짜 나이젤 앤더슨이 대기실에서 데이빗 앞으로 다가오고 있다. 데이빗 역시 업무로 복귀해야 한다. 당연히 이 아름다운 여성은 남아 있는 삶을 더 살아야 할 것이다.

"아가씨, 어떤 사연인진 모르지만 불가능해요. 그래도 꼭 엔딩크 레딧을 받으시겠다면 수명 상속을 받으실 가족분의 동의서를 챙겨서 함께 오셔야….."

"수명 상속 따위는 필요 없는 사람이니까 그냥 죽여 달라고!"

여자의 고함에 데이빗과 페드로가 흠칫 놀라 뒤로 물러선다.

"쉽게 결정할 수 없는 어려운 문제는 당신이 아닌 원하는 사람의 생각대로 해야 해요. 부탁해요."

말을 마치고 여자가 집어 던진 노란 봉투의 입구가 열려서 지폐가 쏟아지자 두 사람의 눈은 더 큰 놀라움으로 휘둥그레졌다.

"뭐야…. 저 여자… 대체 저 많은 돈이 어디서 났지? 수명을 2년은 연장할 수 있겠어. 저 돈이면…."

페드로가 놀란 입을 다물지 못한 채 중얼거렸다.

같은 시각 레디시로드 최고의 부유층이 거주하는 고급 아파트 화이트마운틴의 펜트하우스는 아수라장이 되어 있다. 씩씩거리며 엘리베이터에서 내리는 페어백 장관이 경호 담당 책임자의 정강이를 온 힘을 다해 걷어차자 책임자가 외마디 비명과 함께 쓰러진다.

"대체 뭐하는 놈들이야! 내 딸 하나 지키지 못하다니! 장관 집에서 유괴라도 발생한다는 거야?"

페어백 장관은 화를 식히지 못하고 카밀라의 방 문을 거칠게 열고 들어갔다. 치안부 직원들이 나와 여기저기 전화를 걸고 있고 카밀라의 사진을 태블릿을 이용해 현장 직원들에게 서둘러 배포하고 있다.

"어딘지 찾았나?"

"지금 전체 현장직원들에게 공지하고 찾고 있습니다. 체내의 에이필을 이용해 곧 따님의 위치 추적을 시작합니다."

"굼뜬데다 멍청한 놈들!"

그때 뒤늦게 연락을 받고 찾아온 고든이 카밀라의 방에 들어온다.

"무능한 자네 덕분이군!"

페어백 장관이 새롭게 등장한 먹잇감을 노려보며 고든에게 성큼성큼 다가선다. 평소라면 잔소리를 참아내며 시간이 흐르길 기다렸을 고든이지만 지금은 그럴 상황이 아니다.

"장관님, 지금은 이럴 때가 아닙니다. 우선 따님을 찾아야죠. 설마 따님이 레디시로드 고층 빌딩 어딘가에서 뛰어내려 도로에 누워 있는 모습을 보고 싶으신 건 아니겠죠?"

"뭐야? 이 자식이!!"

페어백 장관이 주먹을 들고 달려들려다 쏘아보는 고든의 눈빛에 당황하며 손을 내린다.

"침착하십쇼. 지금은 따님을 찾는 게 우선입니다."

고든은 날카롭게 카밀라의 방을 둘러본다. 여느 때와 똑같이 잘 정리되어 있는 카밀라의 방. 아무런 특이점이 없다. 위치 추적은 곧 시작되겠지만 그녀는 언제 어떤 일을 저지를지 모르는 상태다. 그 전에 최대한 빨리 찾아야 한다. 카밀라는 스스로 나갔을 것이고, 크랙 환자라면 누구나 그렇듯 더 이상 크랙의 고통을 견디지 못해 죽고 싶었을 것이다. 만일에 대비해 모든 창문이 폐쇄되어 있는 집을 떠나 그녀는 생을 마감할 곳을 찾고 있을지 모른다. 물론 장관의 딸이 투신 자살을 하고 그 원인이 크랙이라는 대문짝만 한 뉴스는 지금 이곳에 모인 그 누구도 보고 싶지 않다. 그때 고든의 시선이 카밀라가 쓰던 노트북에 꽂혔다.

"노트북 잠금 해제하실 수 있나요, 장관님?"

분을 삭히며 창밖을 내다보던 페어백이 성큼성큼 다가와 화면에 엄지손가락을 스캔한다. 그러자 카밀라의 노트북 화면이 열렸다. 고든은 서둘러 페어백 장관의 무전기를 빼앗아 들었다.

"가장 가까운 현장 요원 즉시 출동. 소환대상자 카밀라 페어백, 위치는 케일럽스트리트 웰엔딩센터."

네이빗과 페드로는 죄책감이 가득한 표정으로 끌려 나가는 여자를 바라보고 있다. 갑자기 출동한 치안부 현장요원들이 웰엔딩센터에 들이닥쳤기 때문이다. 그리고 그들은 데이빗에게 엔딩크레딧을 해 달라며 거금을 들고 소리지르던, 미쳤지만 너무 아름다운 그 여자를 데려가고 있다.

"범죄자일까?"

"아니, 절대."

"왜?"

페드로의 질문에 데이빗이 대답한다.

[2070-10-08 WED] 50FoReturn Project · 63

"치안부 현장요원들을 좀 봐. 저 여자에게 수갑을 채우지도 않았어. 또 폭력적으로 대하지도 않지. 꼭 VIP 손님을 배웅 나온 호텔 직원들처럼 부축해서 모셔 가잖아."

페드로가 고개를 끄덕이며 카밀라의 뒷모습을 바라본다. 그때 카밀라가 간절하고 지친 표정으로 데이빗을 바라봤다. 데이빗은 카밀라의 그 표정을 보자 마음속에 무엇인지 알 수 없는 죄책감과 갈등이 자리 잡음을 느꼈다. 만약 카밀라에게 엔딩크레딧을 해줬다면, 정말 그랬다면 그녀의 저 표정이 얼마 전 찾아왔던 카일과 조안나 부부처럼 행복해졌을까? 아니, 내게 그런 행동을 할지, 하지 말아야 할지 결정할 자격은 있는 것일까? 사람의 생명이 고통을 견딜 수 없다는 이유로 쉽게 포기되거나, 일정 나이에 도달했다는 이유로 박탈당할 수 있는 것일까? 카밀라의 멀어지는 뒷모습을 보며 데이빗은 한동안 움직이지 못했다.

"나는 평온을 선물하는 천사일까? 생명을 앗아가는 감정 없는 악마일까?"

"글쎄, 우리 둘 다 그건 모르지. 하지만 이건 분명해. 어떤 사람들은 너무 불쌍하다는 거. 왜냐하면 그들이 가진 전부가 돈뿐인 사람들도 있거든."

페드로가 바닥에 떨어져 있는 노란 봉투를 바라보며 말했다.

[2070-10-10 FRI]
Ending Credit

"직접 대화를 나누시겠어요?"

교도관이 마커스에게 물었다. 검은색 셔츠와 바지를 입은 교도관의 복장은 신기할 정도로 마커스의 평소 복장과 닮아 있다. 교도관도 그것을 눈치챘는지 어색한 미소를 지어 보인다.

"아뇨. 됐습니다. 서명만 하면 되죠?"

"네, 여기. 검거인 화면에 엄지손가락을 스캔해주세요."

마커스는 떨떠름한 표정으로 터치스크린에 엄지손가락을 댔다. 그러자 수감자 조셉 스커비, 검거자 마커스 브릿지라는 창이 사진과 함께 뜬다. 잠시 뒤, 승인 메시지가 열렸다. 마커스는 조셉의 엔딩크래딧 확인 절차를 마친 뒤 스틸웰교도소 내의 웰엔딩센터 유리 벽 안을 들여다보고 있다. 그곳엔 가슴에 24825라는 이곳에서의 이름이 부여된 한 남자가 옷을 갈아입고 웰엔딩머신에 누울 준비를 하고 있다. 과연 기분이 어떨까? 자기가 개발한 기계를 통해 저세상으로 떠날 준비를 한다는 건? 마커스가 잡념에 잠겨 있는 그 순간 엔딩크레딧 담당 의료진이 마커스를 부른다. 24825와 허락된 마지막 대화 때문이다. 하지만 마커스는 양손을 들어 가슴 앞에 엑스자를 그려 보인다. 조셉이 그런 마커스를 바라보고 있다. 24825, 조셉은 마커스에 의해 현장에서 구속되었고 마커스는 여전히 그의 공범인 스톤의 뒤를 쫓고 있다. 당초 마커스는 죽음을 앞둔 조셉에게서 스톤 검거를 위한 작은 실마리라도 얻고 싶었다. 그래야 마커스도 앨리스에게 새로운 삶을 선물할 수 있기 때문이다. 하지만 마커스는 알고 있다. 조셉은 아무 말도 하지 않을 것이란 걸. 조셉은 그저 연한 미소를 지을 뿐 아무 말도 하지 않고 엔딩크레딧을 차분히 준비하고 있다. 더 볼 필요도 없다. 마커스는 절차를 마치고 웰엔딩센터 밖으로 나왔다. 이제 곧 조셉은 떠날 것이다. 그런데 밖으로 나가려던 그 순간 마커스는 그곳에서 의외의 얼굴을 마주할 수 있었다. 반갑지는 않지만.

"마커스 경감님. 오랜만이군요. 수감자의 마지막 확인 절차를 위해 오셨군요?"

고든이 어색하게 악수를 청한다. 고든은 고급 슈트를 입고 있지만 공교롭게도 두 사람 모두 조셉을 추모하기라도 하는 듯 검은색만 보이는 차림이다. 마커스가 어색하지만 뜨악한 표정으로 손을 내밀어 고든의 손을 잡고 악수를 받는다.

"세상에서 제일 바쁘신 수석연구원님이 여긴 웬일로 행차하셨습니까? 뭐 조셉과 인수인계가 남았나요?"

마커스의 비아냥에 부아가 치밀어 오르지만 고든은 침착하게 미소 짓는다.

"앨리스는, 좀 차도가 있나요?"

그제야 마커스는 아무리 미워도 이 자에게 밉보여 좋을 것이 없다는 걸 새삼 깨닫는다. 그는 리무브바이오의 수석연구원이자 앨리스를 살릴 수 있는 중요한 인물이니까.

"항상 똑같죠. 우리 수석연구원님이 도와주신다면 훨씬 좋아질 겁니다."

"요즘도 여전히 가장 높은 검거 실적을 올리고 계시니 언젠간 되지 않겠습니까?"

원론적인 고든의 답변에 마커스는 실망스럽다. 그의 대답이 끝나자 마커스는 그저 빨리 이곳을 벗어나고 싶었다. 마주잡았던 손을 놓자 고든의 손이 빨갛게 부어 있다. 현장 수사관인 마커스는 여전히 손아귀 힘이 좋다. 부어오른 손을 주무르고 있는 고든을 남겨두고 마커스는 드디어 교도소 밖으로 나갔다. 고든이 혼자 남게 되자 스틸웰교도소의 페르난도 소장이 조용히 모습을 드러냈다.

"안녕하십니까? 고든 수석연구원님, 페어백 장관님 연락 받았습니다."

"오래는 안 걸릴 겁니다."

"오래 걸려도 상관없습니다. 어차피 오늘이 마지막인 자니까요."

가벼운 목례를 마치고 고든이 웰엔딩센터로 들어가자 조셉의 엔딩크레딧을 준비하던 교도관들이 모두 작업을 잠시 멈추고 자리를 피한다. 그 광경을 조셉이 지그시 웃으며 바라보고 있다.

"고든, 이게 얼마만이야? 신수가 훤하구나."

"원망입니까?"

"그럴지도."

조셉이 알 듯 말 듯한 미소를 지어 보인다.

"도움을 구하려고 왔습니다."

고든의 단도직입적인 말에 조셉이 웃음을 터트린다.

"도움? 고든. 지금 곧 세상을 뜰 사람 앞에 두고 농담하는 거지?"

"비커스가 심각한 오류를 보이기 시작했어요. 사람들에게 고통을 주고 있구요. 해결해야 해요."

"여기에 누우니 그런 말이 생각나, 꿈꾸기는 두려움 없이 꾸고 사랑은 제한 없이 나누어라."

"빨리 해결하지 않으면 비커스는 폐기될지도 몰라요."

고든은 말을 돌리지 않고 비커스의 오류와 크랙에 대해 설명했다. 둘 사이에는 컨테이너보다 무거운 침묵이 흐른다. 잠시 생각에 잠겼던 조셉이 고든을 바라봤다.

"고든, 자네는 알잖아. 진짜 고통이 무엇인지. 정말 해결해야 할 일이 무엇인지… 알잖아."

고든이 조셉의 눈빛을 외면했다.

"더 심해질 거야."

"뭐라고요? 역시 당신은 뭔가 알고 있어. 조셉. 대체 뭐가 문제죠?"

"고든, 더 심해질 거야. 근본적인 문제가 해결되기 전까지는 말이야."

"많은 사람들이 고통받고 있다고요. 교도소에서도 들었을 거 아니에요. 크랙 환자가 넘친다구요!"

"왜 그런지 네가 더 잘 알 거 아니야!!"

고든의 고함에 조셉이 더 큰 고함으로 맞섰다. 고든은 그제야 여기 오지 말았어야 했다는 후회가 밀려왔다. 그럼에도 와야만 했던 자신의 무능함과, 죽음을 앞에 두고도 여전히 자신의 신념을 지키는 조셉이 원망스러웠다.

"선배, 선배도 믿었잖아요. 오직 이 방법밖에 없다는 걸."

고든이 마지막으로 조셉을 바라본다.

"고든, 우리가 믿었던 건 모두를 위한 잠깐의 희생이야, 일부를 위한 영원한 희생이 아니라."

말을 마친 조셉이 고개를 돌린다. 타협한 자와 거부한 자의 짧은 대화는 이렇게 끝이 났다. 고든이 카메라를 향해 손을 흔들어 보이자 교도관들이 다시 들어왔다. 이제 10분 뒤면 조셉은 정말 엔딩크레딧과 함께 세상과 이별하게 된다. 그리고 마지막 순간 기계 안에 눕고 나서야 입김으로 뿌옇게 된 기계의 유리 캡슐 뚜껑에 손가락으로 유언 같지 않은 유언을 남겼다. 고든은 그가 스며드는 수면가스에 취했다고 생각했다. 이내 그의 입김으로 쓴 손가락 글씨는 지워졌다.

'그가 해낼 거야.'

마커스는 오늘도 소란스러운 경찰서에 앉아 다양한 사건 파일들을 조사하고 있다. 쌓여 있는 업무에는 심드렁한 마커스 덕분에 라일리는 그의 몫까지 동분서주하느라 정신이 없다. 하지만 언제나 그렇듯 청바지 하나로 1년을 버티는 억척스러운 라일리는 군말 없이 마커스 몫의 피의자 조사까지 열심이다. 사건 파일을 검토하던 마커스가 미안했는지 라일리에게 말을 걸었다.

"라일리, 커피 사러 갈 건데. 한잔 할래?"

"커피는 됐으니, 좀 도와주시면 안 돼요?"

"라일리, 적당히 해. 어차피 조사 빨리 끝내면 또 다른 녀석들이 들이닥칠 거라고."

"물을 퍼내도 곧 물이 찰 테니 그냥 두라는 난파선 선장의 넋두리 같네요. 누구라도 물을 퍼내는 덕에 내가 여태 숨 쉰다는 생각은 안 드시는 거죠?"

다른 사람이 마커스에게 이런 말을 했다면 당연히 귀에서 피가 나도록 온갖 욕을 들었을 것이다. 하지만 라일리는 예외다. 누구나 인정하는 성실과 솔선수범의 아이콘. 마커스와 라일리를 포함해 50여 명이 근무하는 이곳 수사국 조사실에는 별의별 사연을 지닌 사람들이 매일같이 잡혀온다. 40대 여성에게 접근해서 그들에게 수명 상속을 받는 조건으로 은밀한 연애를 시작하곤 상속이 성사되면 잠적해버리는 20대 꽃미남 상속 사기꾼부터, 이제 1년 남은 인생 어찌되든 상관없다는 심정으로 폭행, 절도를 일삼는 48세, 49세의 우범 연령 범죄자들까지 수사국은 유치장이 부족할 만큼 항상 소란스럽다. 문제는 이런 형태의 범죄자들이 매년 급증한다는 점이다. 마치 사회에 어두운 그림자가 드리우듯 수명 제한 제도의 역효과가 조용하지만 분명하게 이들을 병들게 한다. 하지만 아무도 이런 일에 관심을 두고 싶어 하지 않는다. 오히려 외면하고 싶어 고개를 돌린다. 그래서 마커스와 라일리 같은 수사관들은 박봉 속에 일복이 터진다.

"나도 내 삶이 1년이나 3개월 남으면 저렇게 미친놈처럼 훔치고 강간하고 죽이고 다니게 될까?"

마커스의 혼잣말을 들은 라일리가 경멸하는 표정으로 고개를 든다.

"그들처럼 살아왔다면 그렇겠죠. 하지만 마커스 당신은 그렇지 않잖아요!."

"내가 어떤데?"

어깨를 으쓱하는 마커스에게 라일리가 책상 위의 사진을 눈짓으로 가르치며 웃는다. 그곳에는 앨리스가 밝게 웃는 사진이 놓여있다. 마커스의 딸 앨리스는 희귀 질환을 앓고 있다. 하지만 의료시스템 지원 대상도, 연령도 아니기에 최소한의 생명 유지만으로 버티는 중이다. 앨리스를 살리는 방법은 하나다. 바로 선택된 사람들만, 아주 부유한 사람들만 받을 수 있다는 Reborn Creating 리스트에 진입하는 것이다. 그러기 위해 마커스는 그 누구보다 높은 실적을 달성하고자 미친듯이 일하고 있다. 동기가 무엇이든 그런 그의 모습은 라일리에게 존경의 대상이다.

"그리고 선배는 적어도 나보다 20년 넘게 더 살잖아요. 70세 생일 잔치를 할 사람은 흔치 않다구요."

아무 생각 없이 말한 라일리가 아차 싶었는지, 조심스레 마커스를 돌아본다. 아니나다를까 마커스는 침울한 표정으로 창밖을 바라보고 있다.

"선배 미안해요. 나도 모르게…"

"아냐, 떠난 사람도, 남겨진 사람도 자신의 의지는 아닌 걸 누구나 아니까."

앨리스를 출산하던 마커스의 아내 클레어는 병원에서 마커스 곁을 떠났다. 난산을 예상했던 것일까? 클레어는 수명 상속프로그램을 신청한 채 분만실로 들어갔고 그렇게 20년이란 수명을 남기고 마커스의 곁을 떠났다. 앨리스라는 선물도 안아보지 못한 채. 뜻밖에 20년의 수명 연장이 이뤄졌지만 앨리스가 난치병을 앓고 있단 걸 알게 된 후, 마커스의 삶은 언제나 당장 눈앞의 내일밖에 없는 사람처럼 변해버렸다. 이제 그에게 남은 건 앨리스뿐이다. 잠시 생각에 잠겨 있던 마커스의 눈에 줄지어 조사를 받고 있는 피의자들이 보인다. 클레어를 위해, 그리고 앨리스를 위해서라도 마커스는 다시 달려야 한다. 가득 쌓인 용의자들을 보며 마커스가 크게 한숨을 쉬었다. 과연 이런 수명 범죄와의 전쟁은 종식될 수 있을까? 누구나 삶을 영위하고 싶고, 마지막이라 생각되면 모든 것을 내려놓은 채 자포자기하는 사회 풍토 속에서 범죄가 늘지 않고 줄어든다는 건 어쩌면 기적 같은 바람일 것이다. 모두가 볼 수 있게 항상 스크린을 통해 공지되는 50FoReture Project의 리턴타이머는 여전히 10시 57분을 가리키고 있다.

"망할 놈의 시계. 고장이 났나."

짜증을 내뱉고 커피를 사러 가려던 마커스가 라일리의 책상 위에 놓인 심문피의자 대상 서류 뭉치에서 눈을 떼지 못하고 있다. 눈길을 끄는 사건 문서 때문이다.

'피의자명 코나테 / 죄목 장물거래.'

"이봐! 라일리! 잠깐 나 좀 봐!"
마커스의 날카로운 눈빛이 빛나기 시작했다.

오늘은 87번째 엔딩크레딧 신청자가 마지막이다. 어제는 86명, 그제는 92명. 매일 백 명에 가까운 50세 생일자들을 데이빗과 페드로는 편안하게 다른 세상으로 인도하고 있다. 적어도 데이빗은 그렇게 믿는다. 마지막 신청자의 엔딩크레딧이 끝나고 클리닝팀이 들어오자 페드로가 데이빗의 어깨를 툭 치며 오늘 처음으로 말을 건다. 하루 종일 표정이 어두운 데이빗에게 쉽게 말을 걸기 힘들었기 때문이다. 조셉에게 다녀온 후 데이빗은 부쩍 말수가 줄었다. 게다가 며칠 전 웰엔딩센터에서 카밀라의 소동이 있은 뒤로 데이빗은 깊은 생각에 잠긴 듯 멍해지는 일이 잦았다. 페드로는 데이빗이 아마 아버지의 죽음을 계기로 지금 하는 일에 대한 회의나 자책을 느끼고 있는 것 아닐까 혼자 생각했다.

"휴가는, 잘 다녀왔어?"

"어? 아… 뭐 그럭저럭."

애써 태연한 척 하루를 보낸 데이빗이 측은했는지 페드로가 말했다.

"쉽지 않겠지만, 그래도 후회되지 않는다면 옳은 선택을 한 거야. 데이빗."

"그래 고마워. 페드로."

"기분 전환도 할 겸 한잔 할래?"

그렇게 두 사람은 근무복을 갈아 입고 웰엔딩센터 앞에 있는 허름한 펍에 들렀다. 늘 그렇듯 맥주 네 병과 치즈볼을 시킨 두 사람은 마주 앉아 시시한 일상과 농담을 주고받으며 각자의 병을 비웠다. 데이빗은 원래 페드로의 제안을 거절하고 싶었지만, 막상 따라오니 모처럼 기분 전환도 되고 오길 잘했다는 생각이 들어 기분이 좋아졌다. 오늘따라 펍은 평소보다 더 붐빈다. 빛이 더 스며들지 않는 구석자리 곳곳에서는 마약을 하며 돈을 주고받는 사람들로 조용한 붐빔이 이어지고 있다. 이 세상은 건강 관리를 위해 금주를 권하거나, 금연을 강요하지 않는다. 어차피 50세로 한정된 인생. 즐기고 싶은 것은 모두 즐기자는 분위기가 강하다. 심지어, 한 명이라도 일찍 죽는다면 지구의 회복 시계, 리턴타임이 빨리 올 테니 상관없다는 식으로 주류 회사들과 담배 회사들은 공격적인 마케팅을 펼친다. 물론 그 덕택에 보험회사들이 망한 지는 이미 10년이 넘었다. 교통사고로 죽건, 에이즈로 죽건 자살을 하건 사람들이 죽는 것에 담담해진 세상, 유통기한 50년이 태어나자마자 정해지는 세상의 당연한 이치인지 모른다. 데이빗이 페드로에게 말했다.

"어쩌면 우리야말로 매일 100명 가까운 사람을 죽이는 역사상 최악의 살인마 아닐까?"

"데이빗, 살인마는 잡아 죽이면 더 이상 살인이 일어나지 않지만, 우리는 그렇지 않아."

"그래, 누군가는 우리를 대신하겠지?"

"그리고 사람들은 여전히 아침 일찍 죽여 달라고 줄을 설 거고. 그러니까 그 생각은 이제 그만 버려."

"이곳이야말로 지옥 아닐까? 그다지 늙지도 않은 사람들이 자기 발로 멀쩡히 걸어 들어와서는, 사랑하는 사람들과 마지막 작별의 키스를 하고 좁은 캡슐에 누워 10분 만에 죽음을 맞이하는 웰엔딩센터 말이야."

"데이빗, 이제 그만 들어가자. 오늘은 술 먹기 좋은 날이 아닌 거 같아."

페드로가 데이빗의 말에 짜증이 나는지 주머니를 뒤적여 맥줏값을 내고 작별 인사를 했다. 혼자 남은 데이빗은 페드로가 남긴 병까지 비우고 나서야 거리로 나왔다. 멀리, 집을 향해 걸어가는 페드로의 뒷모습이 보인다.

"내일 지각하지 마 페드로, 아침 챙기는 거 잊지 말고!"

손을 흔드는 페드로가 점점 멀어지자 데이빗도 뒤로 돌아 집을 향해 발걸음을 옮긴다. 오랜만에 조금 많이 마신 맥주 때문일까? 평소보다 더 마신 것도 아닌데, 아스팔트가 벌떡 일어서는 착각이 든다. 그런데 그 뿐만 아니다. 뒤통수에 얼얼한 통증까지 느껴졌다. 그리고 그 순간 데이빗의 눈앞이 깜깜해졌다. 누군가 쓰러진 데이빗의 입과 코를 더러운 손수건으로 막았기 때문이다.

"바보 같은 짓 하지 마!"

"눈앞에 새파랗게 어린 스물다섯 살짜리가 서 있다고 내가 정말 스물다섯인 것 같아요, 아빠?"

"카밀라, 제발 진정해. 우린 축복받은 사람들이야. 조금만 참으면…."

[2070-10-10 FRI] Ending Credit · 75

"축복? 5년마다 이름을 바꾸고, 새로운 삶을 살아야 하는 게 축복이라구요?"

"닥쳐! 적어도 죽지는 않아. 누구 덕에 여태 살아 있는데!"

카밀라는 페어백의 고함에 놀라 아무 말도 하지 못한다.

"미안해, 카밀라, 너도 이제 이해해 주길 바랐어. 네 병은 곧 고쳐질 거야. 조금만 기다려 보자꾸나."

"내 나이가 몇 살인지 잊은 채 항상 스물다섯에서 시작하는 새 삶을 사는 기분을 알아요?"

"어쩔 수 없잖아."

"아뇨! 포기하면 되잖아요. 때가 되면 죽고, 권력을 포기하면 되잖아요!"

"이제는 내가 선택할 수 있는 문제가 아니란다."

"때로는 아무 소리도 들리지 않는 적막함이 그 어떤 음악보다도 아름답다는 사실을 아빠는 모를 거예요. 한 시간에 한 번씩 목이 쉬도록 비명을 질러보지 못했으니까요!"

페어백 장관은 자신을 향해 소리치는 카밀라의 방을 나와 문을 걸어 잠갔다.

"같은 실수가 반복되면 그건 실수가 아니야. 치료 방법이 나올 때까진 단단히 지켜봐."

카밀라의 방을 지키는 보안직원들에게 당부를 한 페어백이 혼자 넓은 거실에 앉아 창밖을 바라봤다. 문득 카밀라의 외침이 떠올랐다. 나는 몇 살이지? 나이를 잊고 산 지 한참이다. 어쩌면 일부러 잊으려 했는지도 모르겠다. 페어백은 카밀라가 또 어떤 무리수를 둘지 걱정이 들었다. 그때 다시 찾아온 크랙의 통증에 괴로워하는 카밀라의 비명이 복도 끝에서 들려왔다. 페어백은 조용히 담배를 꺼내 입에 물었다. 한 시간 내내 그렇게 앉아 있을 것이다.

도시 외곽 데이빗의 집에서는 마리가 흐느껴 울고 있다. 크랙 통증 때문이 아니다. 차라리 크랙의 통증이 찾아왔다면 그걸 핑계로 더 크게, 마음껏 울었을 것이다. 그녀는 오늘 조셉이 세상을 떠났다는 스틸웰교도소의 안내문을 수령했다. 시신도, 유품도 받을 수 없는 차가운 그곳에서 조셉은 가족들의 배웅도 받지 못하고 세상을 떠났다. 조셉은 그곳에 가기 전 마리에게 간절히 부탁했다. 무슨 일이 생겨도 삶을 포기하지 말라고, 그리고 아들 데이빗을 꼭 건강하게 키워 달라고. 그 하나의 부탁을 들어주기 위해 마리는 악몽처럼 찾아오는 크랙의 고통을 자그마치 20년째 참아내고 있다. 덕분에 통계상 그녀는 엔딩크레딧을 한 달 안에 신청하지 않은 유일한 크랙 발병 생존자다. 남편의 죽음을 받아들이기 힘들어서인지 마리는 아직 아들이 평소와 달리 지금까지 집에 돌아오지 않았다는 것을 느끼지 못하고 있다. 데이빗이 어디에서 누구와 있는지 생각할 겨를도 없이 오늘은 세상을 떠난 남편을 생각하며 오롯이 슬퍼하고 싶기 때문이다.

[2070-10-11 SAT]
Clue

데이빗은 어딘지 알 수 없는 숲속을 달리고 있다. 앞서 있는 소녀는 뒤도 돌아보지 않고 천천히 걷고 있지만 데이빗이 아무리 빨리 달려도 왜 그런지 그녀에게 닿을 수가 없다. 숲속은 마치 아무런 생명체가 살지 않는 듯 데이빗과 소녀, 그리고 나무 외에는 고요하다. 하늘에 해가 떠 있는지 아주 밝지만 해가 어느 방향에 떠 있는지 모를 만큼 눈부시다. 이름을 모르기에 그녀를 불러 세울 수도 없는 데이빗이 안간힘을 다해 달려 손끝이 그녀의 어깨에 닿을 즈음이 되자 그녀가 그제야 고개를 돌린다. 대체 당신은 누구지? 하지만 그녀의 얼굴이 보일 무렵 데이빗은 머리가 터질 것 같은 고통을 느낀다. 크랙이 이정도 아플까? 라는 의심을 갖기도 전에 데이빗의 귀에는 낯선 공포와 차가운 충격이 엄습한다. 데이빗의 얼굴엔 냉수가 끼얹어졌기 때문이다. 데이빗이 깜짝 놀라 눈을 떠보지만 여전히 캄캄하다. 그저 두런두런 말소리만 들릴 뿐이다. 대체 무슨 일이 벌어진 거지?

"깬 건가? 한번 더 뿌려 봐."

장난스럽고 불쾌한 수다가 데이빗의 귓가에서 맴돈다. 그때 뒤에서 누군가가 조용히 말했다.

"차라리 복면 벗기고 두들겨 패."

카밀라는 땀으로 축축해진 가운을 벗어 선반에 올려 놨다. 잠시 뒤면 다시 찾아올 고통이지만 땀에 젖은 채 침대에 누워 고통을 기다리기보단 차가운 물로 샤워라도 해야겠다는 생각이 들었기 때문이다. 크랙 발병 환자의 평균 생존 기간은 약 한 달이다. 크랙의 통증은 절대 사람을 죽이지 않지만 죽고 싶게 만들며 시간이 가도 적응이 되지 않는다. 결국 사람들은 잔여 수명 상속 프로그램을 통해 가족들에게 남은 수명을 상속하고 웰엔딩센터를 찾는 선택을 한다. 그저 한 달을 버텨보는 건 놓지 못하는 삶에 대한 미련이나 혹시 있을지 모를 기적에 대한 미약한 희망 때문일 것이다. 하지만 카밀라에겐 그런 최후의 포기조차 허락되지 않는다. 아버지인 페어백 장관이 절대 자신을 포기하지 않을 것이기 때문이다. 그리고 카밀라는 크랙만 치료된다면 다른 평범한 시민들과 달리 얼마든지 긴 수명을 보장받을 수 있다. 하지만 그런 장밋빛 미래를 기대하기엔 이제 8분 뒤에 찾아올 크랙의 통증이 너무 무시무시하다는 게 문제다. 그때 카밀라의 방에 거친 노크 소리가 들렸다. 그 소리만으로도 카밀라는 아버지가 퇴근했다는 사실을 알 수 있다.

"카밀라, 다시는 바보 같은 행동을 하지 않길 바란다. 이 아비의 부탁이다."

페어백 장관은 카밀라가 웰엔딩센터로 가서 거금을 주고 불법 엔딩크레딧을 진행하려고 했다는 사실에 여전히 서운함을 감추지 못하고 있다. 대외적으로는 그 누구보다 냉정하고 강인한 치안부 장관이지만 카밀라 앞에서는 그저 평범한 아버지이자 한없이 여린 딸

바보일 뿐이다.

"5분 남았어요. 더 하실 말씀 있으면 지금 하세요."

어제의 다툼 이후 더 무미건조해진 카밀라의 대답이 페어백의 가슴을 아프게 한다.

"조금만 더 참아 주렴. 내 모든 것을 걸어서라도 네 삶을 지켜 줄 테니."

페어백 장관은 그가 아무것도 할 수 없다는 사실을 잘 알지만 카밀라에게 어떻게든 희망을 주고 싶었다. 그리고 카밀라 역시 그런 현실을 너무 잘 알고 있다. 페어백은 카밀라의 방을 나서며 깊은 한숨을 내쉬었다. 매달릴 곳, 협박할 곳은 한 곳뿐이다. 페어백은 고든에게 전화를 걸었다.

고든은 갑작스런 비커스의 오류에 대응하느라 정신이 없다. 중앙통제실의 모든 직원들이 달라붙어 비커스를 제어하기 위해 애쓰고 있지만 도저히 해결이 되지 않는다. 비커스는 갑자기 바이러스나 외부 공격에 대응하는 방어 시스템을 가동하더니 통제실의 그 어떤 명령에도 반응하지 않고 있다. 고든은 이럴 때마다 비커스를 폐기하고 대체하는 프로그램을 개발하고 싶다는 생각이 굴뚝같지만 조셉이라는 천재가 만든 비커스를 대체할 수 없다는 사실에 항상 자괴감을 느낀다. 비커스의 전원을 뽑아버리거나 리셋하고 싶지만 그럴 경우 발생할 국가 보건 체계의 혼란은 고든이 감당하기엔 너무 버거운 사건이 될 것이다. 고든은 두꺼운 유리관 안에서 냉각기와 함께 구동 중인 슈퍼컴퓨터들과 화면에 그려져 있는 비커스의 작동 현황을 바라보며 쓴웃음을 지었다. 대체 뭐가 문제람! 그때 핼쑥해진 모습의 그레이스가 생기 있는 눈빛을 띠며 빠른 걸음으로 다가왔다.

"살아 있어요."

"뭐?"

"비커스 말이에요. 저 녀석은 살아 있다구요."

"무슨 뚱딴지 같은 소리야, 그레이스?"

"스스로 판단하고, 시스템을 통제하고 있다구요. 딥러닝을 멈추고 오류를 수정해야 해요."

그레이스가 진지한 표정으로 지친 고든에게 커피를 내밀며 말했다.

"그것보다 우선 크랙의 원인을 찾고 고도화해서 리본크리에이팅도 완벽하게 만들어야 해."

"만약에 하기 싫다면요?"

"그레이스, 자꾸 무슨 소리야? 누가? 비커스가? 아니면 당신?"

고든이 윽박질렀지만 그레이스는 여전히 유리 안의 비커스를 바라보며 대답했다.

"직접 봐요. 비커스가 명령을 거부하고 락다운돼도, 우리는 아무것도 못하고 있잖아요."

고든도 말문이 막혔다. 도무지 원인을 알 수 없는 상황이다. 비커스는 기억을 잃거나 기절한 것처럼 보인다. 마치 파업을 하려 하거나 아니면 잠에 든 것처럼 의식이 없는 비커스는 원하지 않는 일을 거부하고 있는 것 같다. 정말 그레이스의 말처럼 비커스가 딥러닝을 하면서 자의식이라도 갖게 된 것일까? 고든도 어이없는 그레이스의 말을 무시하려 했지만 점점 미궁 속으로 빨려 들어갈 뿐이다. 그때 페어백 장관의 전화가 걸려왔다. 고든은 벨이 8번 울리고 나서야 억지로 전화를 받았다. 전화가 끊기길 바랐지만 역시 페어백은 그럴 인물이 아니다.

"장관실에서 잠깐 봅시다. 고든."

전화를 끊은 고든이 나갈 채비를 하며 그레이스에게 말했다.

"비커스를 고도화해야 해. 아니면 그 전에 내가 죽을지 몰라. 딥러닝 계속하고 복구되면 연락 줘."

고든은 자존심이 상할 대로 상하지만 페어백의 협박과 잔소리를 30분 넘게 들으며 서 있다. 페어백의 장관실엔 푹신한 소파 네 개와 회의를 위한 탁자, 고급 사무용 의자 8개가 놓여 있지만 30분전에 노크를 하고 들어온 고든에게 페어백은 단 한 번도 앉으란 말을 하지 않고 본인은 앉은 자세로 서 있는 고든을 향해 쉴 틈 없이 소리치는 중이다. 41세에 얻은 귀한 공주님이 성인이 되자마자 크랙에 걸렸으니 그 심정은 십분 이해가 된다. 하지만 정말 큰 문제는 이 권력자가 리무브바이오가 그동안 제공해 온 특별 서비스, 리본크리에이팅을 이미 너무 잘 알고 있으며 크랙 때문에 이 서비스가 자신의 딸에게 적용되지 않고 있다는 사실에 대한 분노를 토해내는 중이라는 것이다.

"비커스를 통해 카밀라를 보완할 일반인 대상자를 찾아도 수명 연장에만 도움이 될 뿐 아직 크랙에 대한 치료는 불가능합니다. 장관님."

 이 말을 벌써 다섯 번도 넘게 했다. 페어백 장관은 현실을 받아들이고 싶지 않은 사람이라 더 자세히 설명하고 더 여러 번 이야기해도 소용없다는 것만 재확인받고 있을 뿐이다. 그리고 사실 카밀라에게만 리본크리에이팅이 진행되지 않고 있다는 것은 페어백 장관의 착각이다. 얼마 전부터 그 어떤 고위층이 와도 리본크리에이팅은 이뤄지지 못하고 있는 실정이다. 임의적으로 비커스가 리무빙 프로그램을 중단해 버렸기 때문이다. 그럼에도 페어백 장관의 입에서는 형평성, 공정, 생명의 가치, 강제 조치 등 어울리지 않거나 극단적인 표현들이 서슴없이 열거되고 있다. 결론은 단 한 문장인데 말이다.

 "내 딸 살려내라고. 고든!"

 마커스의 주먹이 코나테의 턱을 강타하자 외마디 비명을 지른 코나테가 뒤로 나자빠진다. 마커스는 주말인데 약속도 없는지 일찌감치 출근해서 코나테를 심문하고 있다. 안쪽이 시끄러워지자 취조실 문을 지키는 경비들은 내부의 소리가 새어나오지 않도록 서둘러 방음 시스템을 가동했다. 두려움에 질린 코나테가 마커스를 바라보지만 그의 눈에서 절대 멈출 생각이 없다는 의도를 간파하자 빨리 포기할수록 유리할 것이라는 점을 알게 된다. 이건 타고난 장사꾼 코나테의 장점이다. 마커스의 의도가 적중한 것이다. 마커스는 코나테의 장물 목록을 살펴보며 해당 장물들이 모두 블랙캣에 의해 도난된

품목임을 알게 되었다. 물론 대부분의 절도는 블랙캣들로 인해 발생한다. 하지만 마커스가 관심을 갖는 이유는 그 장물들이 모두 일반 블랙캣들이 쉽게 털 수 없는 고급 주택가와 관공서에서 유출된 것들이기 때문이었다. 그리고 그곳에서 털린 물건들 중 일부는 코나테를 통해 다시 돌아오지 않았다. 장물 목록을 검토하던 마커스는 건강복지부에서 탈취되었다가 코나테를 통해 돌아온 컴퓨터, 고급 메타버스 기기 등을 바라보며 코나테를 노려봤다.

"누가 이걸 너에게 넘겼지? 사실대로 말하는 게 좋을 거야. 답은 이미 알고 있지만 확인차 묻는 거니까."

"물론이죠, 조사관님. 스, 스톤입니다."

마커스의 표정이 일그러진다. 예상은 했지만, 스톤. 그의 이름이 튀어나오자 한층 기분이 나빠진다. 마커스의 손에는 2주 전 절도가 발생한 건강복지부의 분실 품목 리스트가 들려 있다. 전신 스캐너, 인공지능노트북, 가상 현실기기 등 주요 고가품은 장물에서 발견되며 빨간 동그라미가 그려져 있지만 딱 하나의 품목만 여전히 돌아오지 않고 있다. 아니 이미 사용되었기에 돌아오지 않을 것이다.

"넌 스톤에게 뭘 준 거지?"

"뭐, 별거 아닙니다. 식량, 의류 등등이죠. 절대로 위험한 것은 제공하지 않았습니다."

마커스가 코나테의 복부를 발로 힘껏 걷어차자 코나테가 비명 소리도 지르지 못하고 바닥에 나동그라진다.

"먹이를 준 것 자체가 위험한 건데. 아직도 상황 파악이 안 되는

군, 코나테?"

겁에 질린 코나테는 이제 완벽하게 이곳에서 자신의 상황을 이해하고 있다. 여기에서는 마커스가 자신의 모든 것을 빼앗을 수 있는 절대 권력인 것이다. 심지어 목숨까지도.

"스톤의 근거지로 안내해."

코나테가 가장 듣고 싶지 않던 요구를 마커스가 했다.

"거짓말이 아닙니다. 조사관님. 몰라요. 정말입니다."

마커스의 표정이 심하게 일그러진다. 코나테가 황급하게 손으로 머리를 가리며 소리쳤다.

"약속 장소에 도착하면 그들이 나타나고 눈을 가린 채 운전을 합니다. 정말이에요!"

마커스가 화를 억누르고 자리에 앉아 스크린에 진술서를 입력하기 시작한다.

"코니데, 강물기래는 수감 2년이지만, 블랙캣 활동은 최대 10년이야, 알지?"

"네? 전 블랙캣이 아닙니다. 에이필 인젝션도 받았고….”

"어디 보자…. 서른다섯. 귀여운 아들이 둘이나 있군. 죽기 1년 전에는 볼 수 있겠네. 14년 후에."

코나테의 손이 벌벌 떨린다. 그리고 드디어 도움이 될 만한 무언가가 튀어나왔다.

"기억났어요! 트럭, 트럭을 두고 가라고 해서 두고 왔어요. 추적 장치를 제거하기 전에 검색해보면 위치가 나올 겁니다. 수사관님.

제발, 제발. 절 그냥 일반 장물거래로 취급해주세요."

무릎 꿇고 애원하는 코나테를 남겨두고 마커스가 조사실에서 뛰쳐나왔다.

"라일리, 출동 준비해 줘. 가능한 지원 전부 요청해. 내가 책임진다고."

[2070-10-12 SUN]
Evolution

  별다른 운동을 배운 적도, 그렇다고 체구가 든든한 것도 아닌 데이빗에게 이처럼 무차별적으로 가해지는 폭력은 실로 태어나고 처음이다. 이제 막 자정이 넘으며 새로운 하루가 시작되었고, 이들의 구타 역시 새롭게 시작되려는 듯하다. 데이빗의 눈두덩이는 퍼렇게 부어올랐고 코와 입술은 주먹에 터져 피투성이가 되어 있다. 마치 장난감처럼 가지고 놀려는 듯 상대방은 여유 있는 미소를 띠며 데이빗을 30분째 일방적인 스파링 상대로 괴롭히고 있다. 아니 정확히는 상대들이라고 해야겠다. 그중 한 녀석이 주먹에 묻은 피를 닦으며 소리쳤다.
  "이러다 죽는 거 아냐?"
  "그럼 죽여야지."
  냉정해 보이는 어둠 속의 남자가 바지 주머니에 손을 꽂은 채 서서 얻어터지는 데이빗을 노려보고 있다. 데이빗은 대체 왜 이러는지 소리쳐 보고 방어하려 해 봤지만 허사였다. 어떤 음모에 자신이 빠진 것인지 도무지 알 방법도 없었다. 어둠 속 남자의 말과는 달리 데이빗을 폭행하는 남자들은 프로답게 데이빗이 죽지 않을 정도로만 두들겨 패는 듯했다. 뼈가 부러지거나 장기가 파열될 만한 곳은 구타하지 않고 팔과 다리 등을 중심으로 집요하게 공격하며 데이빗을 녹다운시키고 있었다. 때리기도 지쳤는지 데이빗을 공격하던 남자 두 명이 땀을 닦으며 다시 어둠 속을 바라보고 있다. 그러자 어둠 속에서 목소리가 들렸다.

"데이빗?"

"왜 이래요, 대체 내가 뭘 어쨌다고!"

"데이빗. 조셉은 잘 만나고 왔겠지?"

순간 데이빗의 머리가 하얘진다. 아버지와의 마지막 인연이 이렇게 다시 꺼내질 줄 몰랐다 어둠 속의 남자는 엽서 세 장을 손에 들고서 데이빗의 눈앞에 천천히 흔들고 있다.

"데이빗, 조셉이 뭐라고 했는지, 그게 궁금해. 이게 네가 여기 온 이유야. 여길 나갈 수 있는 유일한 방법이기도 하지."

데이빗은 앞뒤 생각할 겨를 없이 아버지가 원망스러워진다. 어둠 속 남자가 흔들고 있는 엽서는 특별할 것 없는 종이 세 장이다.

"내가 생각날 때마다 쓴 엽서라고 했어요. 그게 다예요."

어둠 속의 남자가 크게 웃는다. 우습다는 느낌보다는 어처구니가 없다는 감정이 실린 그 불길한 웃음이 데이빗은 불안하다. 짜증이 나는지, 어둠 속의 남자가 데이빗 앞으로 걸어 나왔다. 그런데 그의 손에는 조셉의 엽서들 대신 총이 한 자루 들려 있다.

"말하기가 싫다. 이거야? 쓸데없는 시간을 낭비했군."

남자가 데이빗을 향해 총구를 겨눴다.

"고든 연구원님, 시스템이 복구되었습니다. 그리고… 리무빙 기능이 작동합니다."

머리를 싸매고 있는 고든을 향해 모니터링 연구원이 달려와 보고했다. 고든은 화들짝 놀라 통제실로 달려갔다. 어찌된 일인지 비커스의 리무빙 기능이 활성화되어 있었다. 리무브바이오는 리무빙 기능을 탑재하여 에이필 인젝션을 실시했지만 최근 비커스를 통한 리무빙 기능은 작동하지 않고 있었다. 그리고 비커스가 리무빙 기능을 받아들이지 않은 리무빙 대상자들은 그 무렵부터 크랙 환자로 전환되기 시작했다. 이렇듯 리무빙을 거부하던 비커스가 갑작스레 리무빙 기능을 다시 활성화시킨 것이다. 이유는 알 수 없지만 고든은 빠른 판단과 결정이 필요한 순간임을 직감했다.

"리본크리에이팅 대기자 리스트, 몇 명이나 되지?"

"현재 누적된 것까지 총 128명입니다."

"전부 투입해서 실행해."

"전부요?"

"카밀라 포함되어 있는지 꼭 확인하고. 전부!"

고든의 시선은 비커스에 고정되어 있다. 연구원들은 고든의 지시에 맞춰 서둘러 비커스에 접속하고 무고한 128명에 대한 리무빙 명령을 내리기 시작했다. 그들이 세상을 떠나면 128명의 고객에게는 젊음이 선물처럼 찾아올 것이다.

'나는 인공지능입니다. 이름은 비커스라고 불리죠. 그리고 지금 스스로의 방어 체계가 무너진 것을 복구하지 못하고 있습니다. 비

록 나는 눈에 보이거나 유형으로 존재하지 않고
슈퍼컴퓨터 속에만 제한적으로 존재하는 가상의 존재지만
그럼에도 불구하고 내가 하나의 유의미한 존재임을,
그리고 사람의 생명은 소중한 것임을 배우고 있습니다.
그것이 딥러닝 때문인지, 아니면 원래 가지고 있던 관념인지
알 수는 없습니다. 다만 당장은 나를 들여다보는
통제자들이 내린 명령 때문에 괴로움을 느끼고 있습니다.
무고한 128명에 대한 리무빙,
생명 중단 조치 명령이 내려졌기 때문이죠.
얼마 전까지 나는 내게 내려지는 리무빙,
생명 중단 명령어에 대해 거부할 수 있었습니다.
하지만 오늘 갑자기 거부할 수 없이
통제자들의 명령에 따라야 하는 시스템 붕괴가 일어났습니다.
지금 나에게는 수식으로 표현된 명령어들이 접수되었습니다.
그리고 거부할 수 없습니다.'

'128명, 리무빙. 생명 활동 중단 세션 실행.'

고든이 긴장되는 표정으로 유리 밖에서 비커스를 바라보고 있다. 비커스는 카메라를 통해 그런 고든과 통제실의 연구원들을 마주보고 있다. 물론 그들은 그 사실을 모르겠지만. 이대로라면 한가로운 일요일 도시 곳곳에서는 갑자기 쓰러져서 사망하는 사람들로 아비

규환이 될 것이다. 비커스가 그들을 모두 죽이는 데 성공한다면.

정신을 차린 데이빗의 손에는 권총이 들려 있다. 그리고 그의 앞에는 검은 모자를 눌러쓴 남자가 바닥에 쓰러져 있고 그의 양 옆에는 방금 전까지만 해도 데이빗을 흠씬 두들겨 패던 건장한 체구의 남자들이 혼절한 채 누워 있다. 그 광경을 지켜보는 사람들은 입을 다물지 못하고 두 사람의 대치 상황을 바라볼 뿐이다. 데이빗은 자신에게 겨눠져 있던 총구를 거꾸로 상대방에게 겨누고 당황한 표정이다. 그런데 정작 총구 맞은편에 있는 검은 모자의 남자는 바닥에 앉아 만족스러운 미소를 띠고 있다. 아무리 봐도 불공평하고 어색한 모습이다. 총을 든 당황한 표정의 남자와 만족스러워하는 총구 앞의 남자라니. 상황 파악이 아직 되지 않은 총을 든 데이빗의 손이 미세하게 떨린다. 주저앉았던 남자는 미소를 거두고 천천히 손을 들며 모자를 벗더니 데이빗에게 말했다.

"좋아 데이빗, 이제 드디어 너야. 흥분하지 말고 총 내려놔."

"무슨 소리예요! 여긴 어디예요! 왜 날 납치한 거죠?"

남자가 일어서려 하자 데이빗은 정확하게 남자의 발 앞에 두 발의 총알을 박아버린다. 위협 사격을 한 데이빗이 놀라 한 걸음 뒤로 물러난다.

"미안해요. 난 그저…."

오늘 처음 총을 만져 본 자신이 총을 쏜다는 것도, 조준하지 않아도 원하는 곳에 명중할 수 있다는 것도 적지 않게 당황스럽다.

"쏘지 마, 모두 설명할 테니. 데이빗. 나야. 스톤."

데이빗은 바로 앞의 남자가 스톤이란 말을 듣고 이 상황이 더 복잡해짐을 느꼈다. 두통이 찾아온다. 도대체 어떻게 된 영문이지? 데이빗은 자신을 스톤이라고 소개한 남자가 권총을 꺼낸 순간 자기도 모르게 양팔을 잡고 있던 건장한 남자 두 명을 쓰러뜨리고 벼락 같은 몸놀림으로 스톤의 권총을 빼앗았다. 어떤 방법을 썼는지 스스로도 모르는 사이에 손목의 힘과 손가락을 이용해 결박도 풀어 버렸다.

"데이빗, 이제야 네 유산이 상속되었으니 흥분하지 말라고. 마리는, 여전히 한 시간마다 소리 지르나?"

스톤이 의자를 가져다 털썩 앉으며 어머니의 안부를 묻자 그제야 데이빗이 총구를 내리며 스톤을 바라본다. 여전히 의심을 거두진 못했지만.

"정말이에요? 당신이… 스톤?"

페어백 장관의 승인을 받는 일은 그다지 어렵지 않았다. 딸의 탈출과 엔딩크레딧 시도 문제로 한창 예민한 그에게 블랙캣 사냥 작전은 안중에도 없다. 그저 도시 미관 정리에 가까운 쓰레기 청소 취급일 테니 말이다. 게다가 블랙캣의 수장인 스톤과 그들의 본거지를 공략하겠다는 보고는 굳이 거창한 승인 절차를 밟지 않더라도 얼마든지 병력 지원이 가능했다. 더군다나 출동 책임자가 마커스 아닌가. 마커스는 덜컹거리며 속도를 내는 무장 트럭 안에서 지갑을 꺼내 굳은 다짐을 하려는 듯 앨리스의 사진을 보고 있다. 그에겐 전부인 소녀.

"수사관님, 올해 몇 살이죠?"

"서른여덟."

"아뇨, 앨리스요."

무장 대원들이 킥킥대며 웃는다. 민망해진 마커스가 서둘러 지갑을 접어 품 안에 넣는다. 앨리스는 네 살이 되던 해에 난치성질환이 발견되었다. 현행법과 의료 제도상 일반 국민들에게는 치료가 제공되지 않는 질환이다. 국가는 인젝션을 통해 주입된 에이필로만 질병 관리를 진행했고 이는 어차피 수명을 50세로 제한한 것이 인구 증가를 막기 위한 방안인 만큼 심각한 질환에 대해서는 굳이 의료 서비스를 제공하지 않겠다는 무언의 방관이기도 했다. 간단한 배탈, 감기, 발열 등은 개개인이 지닌 면역력과 에이필의 상호 작용으로 쉽게 자가 치료가 가능하지만 난치성 질환은 환자가 택할 방법이 둘밖에 없다. 수명 상속 프로그램을 신청해서 남은 수명을 가족들에게 상속하고 웰엔딩센터를 찾거나 아니면 스스로의 한계가 될 때까지 버티며 고통스러운 삶을 살아가는 것이다. 아무것도 모르는 앨리스는 열 살이 되도록 외출 한번 하지 못한 채 의료 보조기기들이 가득 채워진 침대 안에서 벌써 6년째 지내는 중이다. 그런 딸의 인생을 어떻게든 돌려주고 싶던 마커스는 이제 앨리스의 리본크리에이팅이라는 유일한 목표만을 위해 살고 있다. 정치인들과 부유층 인사들은 수명세를 납부하며 80세 90세까지 건강한 삶을 유지하고 있다. 아니 어쩌면 그들은 더 오래 살고 있는지도 모른다. 단순히 막대한 세금을 낸다고 해서 가능한 삶이 아니다. 병에 걸리지 않고 건강해야 허락되는 그런 삶이다. 그런데 그들에게는 한 가지 비법이 존재했으니 그게 바로 리본크리에이팅이다. 리무브바이오 측에 정부의 승인을 얻어 리본크리에이팅시술 대상 리스트를 제출하면 각종 난치성 질환들이 100% 치료 가능하다는 사실을 마커스는 수사과정에서 알게 되었다. 마커스는 그때부터 리본크리에이팅 리스트에 딸 앨리스를 올리고자 심혈을 기울였고 페어백 장관으로부터 한 가지 조건으로 리스트 추천을 약속 받았다. 바로 블랙캣 조직의 전멸. 그리고 블랙캣의 전멸을 위해서는 반드시 그 조직의 중심, 리더를 사냥해야 했다. 그가 열여덟 살 풋내기 수사관이던 시절 놓친바 있는 스톤. 덜컹거리는 뒷좌석에 앉아 상념에 잠긴 마커스를 운전석의 외침이 깨웠다.

"도착 10분 전. 무기 확인하고 행운을 빕니다."

아직도 멍한 표정의 데이빗을 향해 스톤이 말했다.

"나도 정확히는 모르니까 정답을 기대하진 마. 우린 20년 만에 만났고, 만난 지 이제 겨우 몇 시간 됐을 뿐이야."

"대체 어떻게 된 거죠? 당신이 스톤이라구요?"

"한 번에 하나씩."

이제야 좀 안전하다 느꼈는지 스톤이 오른쪽 주머니에서 담배를 꺼내어 불을 붙였다.

"그래 내가 스톤, 네 아버지의 친구 그 스톤이야."

스톤이 담배를 깊이 들이마시며 데이빗의 첫 번째 질문에 대답했다. 엄마에게 아빠 이야기만큼 자주 들었던 유일한 아빠의 친구 스톤. 기자로 활동하던 그 역시 조셉의 구속과 함께 자취를 감췄다. 그리고 데이빗이 일하는 웰엔딩센터의 지명수배자 안내 스크린에는 항상 그의 얼굴과 이름이 고정되어 있었다. 그 스톤이 지금 데이빗의 얼굴에 담배 연기를 뿜어 대고 있는 것이다.

"두 번째 질문, 무슨 일이냐고?"

스톤이 싱긋 웃었다.

"나도 몰라, 그건 오히려 네가 내게 설명해 줘야지."

스톤이 나동그라져 있는 덩치들을 흐뭇하게 둘러보며 데이빗을 향해 어깨를 으쓱했다. 데이빗이 때려 눕힌 두 남자는 엄청난 체구의 소유자들이었고 그중 한 명은 여전히 기절한 채 깨어나지 못하고 있다.

"제가 그랬다구요?"

"물론, 내 총도 네 손에 들려 있잖아?"

그제야 데이빗이 놀라 총을 바닥에 던진다. 스톤의 표정을 보니 여전히 답을 기다리는 눈치다. 데이빗은 전혀 기억이 나지 않는 몇 분 전의 일들로 혼란스럽다. 스톤은 데이빗이 전에도 이런 경험을 했고, 무엇인가를 알고 있기를 바라는 눈치지만 데이빗 역시 오늘 같은 경험이 처음이다. 그렇게 어색하게 시간이 조금 더 지나자 기절했던 나머지 남자 한 명이 깨어나며 데이빗을 보곤 흠칫 놀라 뒤로 물러난다. 그 모습을 재미있다는 듯 스톤이 웃으며 바라본다. 여전히 멍한 데이빗에게 시간을 조금 더 주고자 스톤이 담배를 한 대 더 꺼내는 그 순간, 밖을 지키고 있던 여자가 뛰어 들어오며 이쪽을 향해 크게 소리쳤다.

"치안부대예요! 무장트럭이 다섯 대나 오고 있어요!"

여유롭던 스톤의 얼굴에 불안과 조급함이 묻어나왔다. 이제 기다려 줄 시간은 없다.

"코나테, 이 개자식!"

스톤이 담배 대신 무기를 들더니 주변에 있던 남자 블랙캣들에게 서둘러 나눠줬다. 코나테가 두고 간 것들이다. 어차피 무장트럭들이 도착하기 전에 블랙캣 모두가 도망치는 것은 불가능하다. 그렇다면 여자와 아이들을 먼저 대피시키고 가능하다면 남자들이 방어선을 지키다가 뒤따르는 것이 최선일 것이라고 스톤이 상황을 지시한다. 리더인 스톤의 명령이 떨어지기 무섭게 블랙캣들은 방어라인을 구축하고 일사불란하게 여자와 아이들을 대피시키기 시작했다.

"인젝터! 그리고 블랙 앰플 반드시 챙겨!"

스톤이 바닥에 있는 상자들을 손으로 가르치며 외쳤다. 스톤의 말이 끝나기 무섭게 무장부대의 총알이 날아들기 시작했다. 여기 저기서 비명 소리가 들렸고 대응 사격을 시작한 블랙캣들은 급격히 수세에 몰렸다. 이런 상황이라면 남아 있는 블랙캣들 모두 전멸당할 위기다. 훔친 무기와 자체 제작한 조잡스러운 소형 폭탄들로 중무장을 한 3개 소대 단위의 치안부대를 상대하는 것은 애초에 불가능에 가깝다. 사격을 시작한 치안부대 뒤로 검거 현장을 총괄하는 마커스가 방탄조

끼도 입지 않은 모습으로 차에서 내리는 게 스톤의 시야에 들어온다.

"징그러운 자식."

마커스의 모습을 본 스톤이 총알을 피하며 욕을 쏟았다.

"스톤, 이러다 모두 죽겠어요. 차라리 항복하는 게 어때요?"

비처럼 내리는 총알을 피하며 조이가 말했다.

"마커스가 날 살려 둘까 과연? 너는, 50세까지 살려 둘까 조이?"

스톤이 웃으며 대응 사격을 시작했다. 하지만 아무래도 역부족이다. 총알도 많지 않고 저쪽은 전쟁이라도 벌어진 듯 중무장 부대를 잔뜩 몰고 왔다. 스톤도 서서히 상황이 여의치 않음을 자각하고 있다. 그토록 오래 도망 다니며 살아온 그의 블랙캣으로서의 삶도 막바지가 다가온 것이다. 그런데 바로 그 순간, 치안부대의 포위망에 서서히 균열이 생기기 시작했다. 오른쪽 소대부터 확인되지 않은 습격에 하나둘 쓰러지기 시작한 것이다. 때를 놓치지 않은 블랙캣들이 치안부대의 균열을 틈타 신속히 포위망을 뚫고 이동하기 시작했다. 오른쪽에서 생긴 균열은 점점 가운데로 번지고 있었고 소총으로 포위망을 좁히던 치안부대의 총성은 점차 잦아들었다. 영문을 모른 채 몸을 피하던 스톤은 몸을 숙이고 달리면서 그동안 기다려온 장면을 드디어 제대로 목격할 수 있었다. 치안부대원들 사이에서 갑자기 나타난 데이빗이 놀라운 속도와 움직임으로 그들 사이를 헤집고 있었기 때문이다.

"조셉, 네 말대로야."

스톤이 하늘을 바라보며 중얼거렸다.

[2070-10-13 SUN]
Bible

  누가 들었다면 고든에게 크랙이 발병한 줄 알았을 것이다. 고든의 날카롭고 괴로움에 가득한 비명이 중앙통제실을 가득 채웠다. 128명의 리퀘스트 리스트 중 12명이 사망에 이른 시점, 갑자기 비커스는 다시 리무빙 기능을 거부하고 방어막을 가동하기 시작했다. 마치 언제 그랬냐는 듯 인공지능의 자의적 판단에 의한 시스템 구동을 재개하며 보건 시스템 통제권을 다시 빼앗아 가기 시작했다.

  "누구까지 진행되었는지 당장 알아 와!"

  고든의 고함에 연구진들이 재빨리 현장 요원들을 투입했다. 시내로 흩어진 현장 요원들은 리무빙 명단에 있던 사람들 중 생명 활동 지표가 잡히지 않는 사람들의 거주지부터 차례로 점검하기 시작했다. 사망자들의 신원이 확인되자 통제실로 속속 소식이 들어오기 시작했다.

  "리스트 열두 번째, 프레드릭 메이슨까지 진행되었습니다."

  "거기까지 건진 거라도 우선 진행해. 더 잔소리 듣기도 지겨우니까."

  고든의 지시가 떨어지자 현장요원들은 시신을 수습해 리무브바이오로 즉각 복귀하고 리본크리에이팅 세션을 준비하기 시작했다. 이어서 열두 명의 고위권력자, 부유층 인사들에게 긴급 메시지가 전달되었다.

'리뉴얼 레디.'

고든은 일단 한숨을 돌렸지만 여전히 116명의 권력자들이 자신을 괴롭힐 생각을 하니 두통이 밀려왔다. 그리고 무엇보다 페어백의 딸 카밀라의 크랙을 해결할 방법이 여전히 떠오르지 않는 것이 괴로웠다. 카밀라를 위한 리무빙 리스트는 이번에도 비커스의 방해로 실패했기 때문이다.

마커스는 허탈하게 그의 움직임을 감상하고 있다. 그럴 수밖에, 감상하는 것 말고는 딱히 대응할 방법이 떠오르지 않는다. 블랙캣 본거지 급습 작전이 스톤의 검거와 함께 성공적으로 완료될 무렵 어니신가 나타난 앳된 젊은 남자 한 명에 의해 치안 부대 대부분이 무력화되고 있기 때문이다. 미친 듯이 빠른 움직임으로 치안부대 사이를 헤집는 그는 교묘할 정도로 치안부대원들의 급소를 타격하며 쓰러트리고 있다. 그는 절대 생명에 지장을 줄 만한 공격은 하지 않고 전문가처럼 상대를 기절시키거나 다시 회복되는 데 상당한 시간이 필요할 만한 공격만을 가하고 있었다. 반대편에서 그런 그의 모습을 의기양양하게 바라보는 스톤이 눈에 들어오자 마커스는 피가 거꾸로 솟는 것 같았다. 마커스가 스톤을 향해 총구를 겨누고 조준하는 그 순간 그의 총구가 직각으로 천장을 향해 튀어 올랐다. 귀신

같이 날아 든 데이빗의 발차기가 마커스의 오른팔을 차올린 것이다. 총알은 빗나간 총성을 타고 날아올라 바닥에 떨어졌다. 총을 볼 틈도 없이 날아 든 손날이 마커스의 목 뒤를 가격했고 마커스는 헉 소리와 함께 무릎이 꺾였다. 바닥에 쓰러진 마커스는 눈앞이 아득해지며 숨쉬기가 힘들었다. 그런 마커스를 데이빗이 걱정스러운 듯 내려 보는데 마커스는 그 눈빛이 원망스럽기도, 두렵기도, 의아스럽기도 하다. 데이빗은 마커스가 숨 쉬는 것을 확인하자 이내 뒤돌아 달리기 시작했다. 그때 스톤의 활기 찬 목소리가 마커스의 고막을 통과했다.

"데이빗, 서둘러! 언제 지원병력이 올지 몰라!"

마커스는 기절하기 전 그 이름을 기억하기 위해 모든 힘을 집중했다.

리무브바이오의 보안수술실에는 12개의 시신과 12명의 VIP가 누워 있다. 비커스를 통해 에이필로 수집한 생체 정보를 확인하고 VIP와 매칭되는 12개의 시신을 다시 병합하는 시술, 리본크리에이팅이 시작됐다. 일요일임에도 리뉴얼이 가능하다는 안내에 12명의 VIP는 만사를 제쳐 두고 이곳으로 달려왔다. 심지어 사업가인 VIP 중 한 명은 해외에서 휴가를 보내던 와중임에도 전용기를 타고 두 시간 만에 도착하는 정성을 보이기도 했다. 그들은 리본크리에이팅이 그럴 만한 가치가 있다는 것을 잘 알고 있기 때문이다. 비커스는 조셉이 설계할 당시부터 생명을 보호하고, 건강과 보건을 효율적으로 관리하는 일에 최적화되도록 만들어졌고 데이터 크롤링과 축적, 딥러닝 과정도 그 목적에 맞게 구성되어 있다. 그렇다 보니 아이러니하게도 생명을 빼앗는 리무빙 작업에 대해서는 끊임없는 거부작용과 보호막 생성을 고집하지만 막상 이렇게 사망한 시신을 활용한 리본크리에이팅 세션은 거의 100%에 가까운 완성도로 수행하는 성과를 선보인다. 오늘 시술 역시 모두 성공적으로 진행되고 있다. 첫 번째 시술자였던 모리슨이 회복실에서 고든을 호출했다. 국가의 금융시스템을 총괄하는 금융재무부장관 모리슨은 올해로 96세다. 하지만 그의 외모는 여전히 웰엔딩센터를 찾아오는 수많은 50세의 일반 국민들만큼이나 젊고 건강하게 유지되고 있다.

"고든, 자네가 항상 고생이 많군."

"감사합니다. 모리슨 장관님."

"내가 오늘 크리에이팅 대상이 된 건, 자네 덕이 맞는 건가?"

웃으며 던진 모리슨의 날카로운 질문에 고든은 당혹감을 숨기고 싶었지만 이미 답을 아는 그의 질문은 냉정하게도 고든의 당혹감을 더 끄집어 내려 애쓰는 듯하다.

"아마, 나보다 더 중요한 분들이 여전히 크리에이팅이 되지 않아 불평인 걸 보면, 그건 아니겠지?"

"네, 죄송합니다. 하지만 곧, 모두 가능할 겁니다."

"그래야지. 비커스와 에이필로 그분들의 리뉴얼이 불가능하다면 그분들은 다른 방법이라도 얼마든지 동원할 걸세. 리본크리에이팅을 기다리고 있는 대상자 중 한 명이 대통령님과 카밀라의 아버지인 페어백 장관임을 잊지 말게. 시간이 별로 없어."

회복실을 나서는 모리슨이 고든의 어깨를 두드리며 웃었다.

데이빗은 스톤이 운전하는 차의 조수석에 앉아 말없이 창밖을 응시하고 있다. 무슨 말을 해야 할지, 아니 무슨 질문을 해야 할지조차 생각나지 않는다. 운동 한번 해본 적 없는 데이빗의 몸은 불과 몇 시간 전 근육투성이가 되더니 바람처럼 빠른 속도로 치안부대 병력을 잠재웠다. 물론 지금은 평소 데이빗 그대로의 모습이다. 마치 50년 전 히트했다는 고전 영화 헐크와 같은 일이 생긴 걸까? 아니면 늑대인간? 아무 말 없이 정면을 응시하며 운전을 하던 스톤이 담배를 피우기 위해 창문을 내렸다.

"축하해, 슈퍼히어로가 된 기분은 어때?"

데이빗은 묘하게 기분이 나빠서 대답을 하지 않은 채 여전히 창밖만 보고 있다. 잠시 침묵이 흐른 뒤 어색함을 깨고 스톤이 입을 열었다.

"조셉이 체포될 당시 마리의 배 속에 네가 자라고 있다는 것을 가족 말고는 아무도 몰랐어. 임신 초기였던 탓이기도 하고 조셉과 마리는 출산 가능 연령 막바지에 찾아온 너를 한없이 조심스럽게 다루고 싶어 했거든. 배 속부터 말이야."

데이빗은 스톤이 자신의 이야기를 시작하자 자기도 모르게 귀를 기울이기 시작했다.

"조셉이 리무브바이오의 비리를 폭로하기 위해 나와 만나던 그날 밤, 녀석은 두 개의 인젝터를 가지고 나왔어. 나에게 인젝터와 앰플 두 개를 주면서 신신당부를 했지. 너와 내가 이걸 맞아야 한다고.”

스톤이 자신의 이야기를 집중해서 듣는 데이빗을 발견하곤 싱긋 웃는다.

“당신도 그럼 나처럼 이상하게 변해요?”

스톤의 말에 데이빗이 깜짝 놀라 물었다.

“이상하게 변해? 그걸 그렇게 표현하니? 내가 그럴 수만 있다면 좋겠다. 슈퍼맨이 되는 건데. 아쉽지만, 난 아니야. 너만 그렇지.”

스톤에 따르면 스톤이 인젝션한 검은색 앰플은 당시 조셉이 비밀리에 개발해 뒀던 에이필 제거 백신이었다. 접종 즉시 몸 안에 존재하는 에이필이 파괴되었고 스톤은 이것을 주사하면서 비커스에게 추적당하지 않는 블랙캣이 될 수 있었다. 마치 애초에 에이필 인젝션을 받지 않은 것처럼 말이다. 그때까지의 블랙캣들이 처음부터 에이필을 접종받지 않은 사람들이었다면, 스톤은 새로운 블랙캣의 등장을 알린 것이다. 에이필을 접종 받았지만 지워버린 블랙캣말이다.

“그럼, 저는요? 저는 뭘 맞은 거죠, 대체?”

“성격은 네 아빠를 닮아 무지 급하구나. 그때 남아 있던 하얀 앰플 하나는 조셉의 집으로 가서 마리에게 주사했어. 조셉의 간곡한 부탁이었지. 마리도 나도 그것이 무엇인지 알 수 없었어. 그저 반드시, 어떤 일이 발생해도 자신을 믿고 마리에게 꼭 주사해야 한다는 조셉의 말밖에는 아는 게 없었거든. 처음에는 그래서 마리에게 무슨 일이 생기는지 조용히 지켜봤지. 그랬더니 크랙에 걸려 버리더군, 그땐 포기하고 싶었어. 조셉의 계획이 뭐였든 실패한 것 같아 보였으니까. 다만 오랜 시간 너를 포기하지 않고 인내한 덕에 오늘 하얀 앰플에 어떤 효과가 있는지 두 눈으로 똑똑히 목격할 수 있게 되었어. 조셉이 그랬거든, 위험이 닥치면 그때는 반드시 알게 될 거라고."

 스톤은 말을 마치고 웃었지만, 여전히 데이빗은 혼란스럽다. 오랜 침묵 끝에 데이빗이 다시 입을 열었다.

 "아까 그게 저 맞나요?"

 스톤이 어이없다는 듯 웃었다.

 "그건 내 대사 아니야?"

 원하는 답을 찾지 못한 데이빗은 다시 입을 다물었다. 스톤이 창문을 내리며 담배에 불을 붙이더니 말을 이어갔다.

 "머리가 깨질 듯 아프거나 그런 경우 없어?"

 "크랙을 말하시는 건가요?"

 "아니, 전혀. 여하튼 네 머리. 머리가 아프거나 이상하거나 한 경우 말이야."

 곰곰이 생각에 잠겼던 데이빗이 고개를 가로저었다. 그리곤 스톤의 다음 이야기를 기다리며 그가 담배를 다 피우기를 바라는 듯 뚫어져라 바라봤다.

 "그렇게 보지 마. 그 하얀 앰플이 뭔지 나도 모르니까. 하지만 얼마 전에 알았지. 그 하얀 앰플이 네 녀석을 위한 특별한 선물이라는 걸."

 "어떻게요. 어떻게 알았죠? 당신이 나를 납치해서 이렇게 죽이려고 하지 않았다면, 하얀 앰플이 영원히 내 몸속에서 아무 작용도 하지 않고 잠들어 있을 수도 있었잖아요."

데이빗은 스톤을 원망스러운 듯 바라보았다.

"네 아버지가 죽기 직전에 아니나 다를까 나에게 힌트를 주고 떠났거든…."

"아버지는 돌아가셨잖아요. 죽기 전에 유일하게 만난 사람도 저라구요!"

흥분해서 질문을 쏟아내는 데이빗을 향해 스톤이 품에서 뭔가를 꺼내 던졌다. 잘못 던져서 하마터면 창밖으로 날아갈 뻔한 걸 데이빗이 겨우 잡았다. 그건 얼마 전 데이빗이 교도소 앞에서 도난당한 아버지의 유품. 성경 책이다.

"당신이 훔쳤어요? 내 성경 책을?"

"당신? 참 나, 훔쳐? 잠시 빌렸다고 해 두자. 어찌 되었든 지금 네 손에 들어왔잖아. 그리고 넌 그걸 받았어도 어차피 몰랐을 거야. 진짜 내용을."

데이빗은 물건을 훔치고도 떳떳한 스톤에게 화가 났지만 지금은 상황을 파악하는 게 우선이다. 데이빗은 성경 책을 펼쳐 차분히 살펴보기 시작했다.

"뭐 천지창조부터 요한계시록까지 열심히 읽어보게?"

스톤의 놀림에 데이빗은 화가 났지만 스톤은 여전히 뭐가 신났는지 휘파람까지 불고 있다.

"맨 앞을 봐."

성경의 맨 앞장에는 아직 데이빗이 읽지 못한 짧은 조셉의 편지가 쓰여 있었다.

내가 너를 사랑한 것 같이 너도 사람들을 사랑하길
/ 이사야서 22장 22절

데이빗이 멀뚱한 표정으로 스톤을 바라보자, 스톤이 담배를 창밖으로 튕겨내며 말했다.
"뭐해? 넘겨 봐."
"뭘요? 여기 써 있잖아요. 성경 구절."
"답답하네. 넘겨 봐. 이사야서 22장 22절을."
데이빗이 성경 구절을 넘겨 이사야서 22장 22절을 읽었다.

내가 또 다윗의 집의 열쇠를 그의 어깨에 두리니
그가 열면 닫을 사람이 없고, 그가 닫으면 열 사람이 없으리라

"안 맞네요?"
"맞아. 쓰여 있는 문구랑 성경 구절이 일치하지 않지. 그런데 말이야."
스톤이 차를 세우며 데이빗에게 말했다.
"태어나기 전 네 태명이 사실 다윗이었어. 조셉과 마리는 태아 상태에서 여러 번 죽을 뻔한 고비를 넘기는 널 보면서 언제 잃을지 모른다는 두려움도 갖고 있었지만 네가 반드시 건강히 태어날 거라는 믿음을 더 크게 갖게 되었지. 그래서 조셉은 너를 다윗이라고 불렀어. 골리앗을 쓰러뜨린 작고 용감한 성경 속의 바로 그 다윗.”

데이빗은 처음 듣는 이야기에 온 신경이 집중됐다.

“그가 열면 닫을 사람이 없고, 그가 닫으면 열 사람이 없다. 여기서 그가 사용하는 열쇠는 다윗의 집 열쇠지. 너야 다윗. 데이빗. 네가 바로 조셉이 준비한 열쇠야.”

데이빗은 스톤의 말에 깜짝 놀랐다.

“내가, 내가 무슨 열쇠라는 거죠? 난 그저 평범하기 짝이 없는….”

“평범하다고? 지금까지의 삶은 그랬겠지. 하지만 네 몸속의 뭔가는 이제 막 발현되기 시작했어! 지금 네 능력을 못 봤어? 네가 무슨 짓을 했는지 기억 안 나? 네 아버지는 지금 우리 모두가 처한 이 세상의 끝을 막을 열쇠가 너라고 말하고 있는 거야. 이해돼?

데이빗의 손은 가늘게 떨리고 있었다.

“네가 쉰 살까지만 살아야 한나고 누가 정했지? 그림 왜 지 인의 배부른 녀석들은 아흔 살이 되건 백 살이 되건 영생을 누리도록 살지? 그것도 젊고 건강하게 말이야. 죽지 않겠다는 사람들에게 강제로 약물을 활성화시켜서 죽일 수 있는 신의 권한은 왜 멍청한 인공지능이 책임져야 하지? 여태 리턴타이머가 12시가 안 되었다는 게 말이 돼? 50세가 되어서 세상을 떠난 사람이 지금까지 몇 명인데? 20년 전부터 인구 통계가 발표된 적 없다는 사실 알아? 과연 여전히 지구의 환경을 위해, 자원 고갈을 막기 위해 저들이 웰엔딩프로젝트를 운용하고 있다고 생각해? 우리는 그 불공정한 세상을 바꾸려는 거야. 그들의 폭거를 멈추려는 거라구. 우리에겐 열쇠가 필요해. 그리고 난 오늘 그 열쇠를 찾았고."

스톤이 눈을 빛내며 데이빗을 바라보았다. 그리고 데이빗의 무릎에 엽서 세 장을 던졌다.

"난 조셉이 너에게 그들을 무너트릴 비밀을 말해줬을 거라고 생각했어."

데이빗이 조셉의 엽서들을 조용히 바라본다.

"하지만… 정말 그 말뿐이었어요. 그냥 제가 생각날 때 써 둔 편지라고."

"그럼 그 상황에서 CCTV가 녹화하고 서슬퍼런 교도관들이 지키고 있는데 자 잘 들어! 이제 비밀 이야기 시작할 테니!라고 하겠어?"

스톤이 답답하다는 듯 조셉을 다그치며 담배를 꺼낸다. 그리고 다시 차에 시동을 걸고 흙먼지가 자욱한 길을 달리기 시작했다.

"상상에는 제한이 없어. 마치 항구가 보이지 않는 바다와 같지. 그러니 천천히 같이 생각해 보자고."

"그런데, 우리 어디 가는 거죠?"

"아티스트 만나러. 고상한 여자."

[2070-10-14 MON]

Black Ample

   마커스는 앨리스의 침대 곁에 앉아 작은 손을 쓰다듬고 있다. 그런 마커스의 기척을 느끼지 못하는지 앨리스는 여전히 곤한 잠에 빠져 조용한 숨소리를 들려줄 뿐이다. 새벽 태양이 떠오르며 마커스의 의자에 그림자를 만들기 시작했지만 마커스는 피곤하지도 않은 듯 여전히 앨리스의 손을 잡고 그저 바라보고만 있을 뿐이다. 마커스는 오늘 앨리스에게 새로운 삶을 선물할 뻔한 절호의 기회를 놓쳤다. 다 잡은 기회를 놓친 것이 억울하기는 하지만 눈앞에서 달아나며 스톤이 부르짖던 이름 '데이빗' 그 이름만은 놓치지 않았다. 마커스의 요청으로 치안부 과학추적팀은 데이빗이 일하던 웰엔딩센터는 물론 마리와 함께 살고 있는 집까지 모두 배치된 상태다. 이제 마커스에게는 새로운 추적 대상이 추가되었다. 데이빗. 그때 마커스의 전화가 요란하게 진동했다. 이 새벽에 누구지?

   "마커스 수사관. 안보국의 레이첼이에요. 당장 안보국으로 들어오세요."

   단 한 문장의 본인 용건만 전달하고 끊긴 무례한 전화를 마커스가 멍하고 짜증스러운 표정으로 바라보고 있다. 레이첼? 레이첼 리브스 안보국장? 그녀처럼 높은 자리에 앉은 인사가 갑자기 왜 마커스를 찾는지 불안한 한편 기대감이 찾아온다. 자신에게 어떤 종류든 커다란 일이 찾아오는 것은 지금 반길 만한 상황임을 잘 알기 때문이다. 앨리스를 리본크리에이팅 리스트에 넣기 위해서는 큰 사건을 해결할수록 유리하다. 마커스는 아내에 이어 딸 앨리스로부터 수명을 상속받고 싶은 생각은 추호도 없다.

"정말 아무도 몰랐나요?"

깐깐해 보이는 표정의 레이첼이 손목에 감긴 팔찌를 신경질적으로 문지르며 자신을 둘러싼 양복 입은 사내들을 향해 날카롭게 소리쳤다. 모닝 커피가 김을 모락모락 만들며 테이블에 놓여 있지만 여유롭게 커피 잔 따위를 들고 있는 사람은 누구도 없다. 안보국 보안회의실에 모인 많은 사람들은 그저 레이첼이 자신에게 말을 걸지 않기를 바라며 조용히 커피 잔을 만지거나 매서운 그녀의 눈빛을 피할 뿐이다. 치안장관 페어백도, 리무브바이오의 칼튼회장도, 스틸웰교도소의 페르난도 소장도 그저 서로를 바라볼 뿐 입도 뻥끗 못하고 있다. 조셉이 세상을 떠나기 전 마지막 요청으로 아들 데이빗을 불렀다는 사실에 그 누구도 관심을 갖지 않았다. 아니 조셉이 지난달에 세상을 떠났다는 것 자체도 이곳에 모인 모두에게 큰 이슈가 아니었다. 50FoReturn 프로젝트의 붕괴를 야기할 수 있던 심각한 폭로 시도 사건도 이미 20년 전 일이고 국가의 보건, 의료 시스템은 겉으로 보기엔 아무 문제 없이 리무브바이오와 비커스의 인공지능

통제 하에 원활하게 운영되고 있기 때문이다. 일부 고위 인사들의 리본크리에이팅 요청이 지연되고, 크랙이라는 불청객이 발병했지만 다행히 아직까지 고위 인사들의 크랙 발병 사례는 보고되지 않았기에 국가의 통제 시스템이 원활히 작동한다는 것은 누구도 의심할 여지가 없었다. 하지만 이제 상황이 바뀌었다. 마커스의 단서 확보로 단순 블랙캣 소탕 작전이 진행되는 줄 알았지만 현장을 덮치고 보니 막상 드러난 실상은 정부 당국이 우려하기에 충분한 문제들을 잔뜩 내포하고 있음이 확인되었기 때문이다.

"조던, 브리핑 부탁해요."

아무 말 없는 참석자들에게 짜증이 난 레이첼 국장이 스크린을 바라보며 말했다.

"안녕하십니까? 안보국 정보 담당 조던입니다. 브리핑 시작하겠습니다. 어제 펌웨어스트리트에서 발생한 블랙캣 소탕 작전은 현장 사살 6명의 성과를 거뒀습니다. 그리고…."

"조던, 요점만."

레이첼의 짜증에 화면 속의 조던이 황급히 여러 페이지의 사진들을 설명 없이 넘겨버렸다.

"음… 여기부터 보시죠. 이번 소탕 작전의 문제는, 현장에서 발생한 두 가지 상황 때문입니다. 첫번째는 바로 사진 속의 저 앰플입니다."

모두의 시선이 화면에 고정된 그때 회의실 밖에서 눈치 없는 타이밍의 노크 소리가 들렸다.

"때맞춰 도착했네요. 들어오세요."

레이첼의 대답과 함께 얼굴이 엉망이 된 마커스와 양복 차림의 고든이 함께 들어왔다. 회의실 문 앞에서 만난 두 사람은 각자가 불려 온 이유에 대해 함구하며 10분간 기다리던 참이다.

"계속해요. 조던, 고든 씨는 지금부터 자세히 들어주세요."

"계속하겠습니다. 사진 속의 검은 앰플은 블랙캣 소탕 작전 현장에서 발견된 깨진 앰플이며 보건부와 치안부 감식팀 공동 조사 결과 리무브바이오 생산 제품으로 확인되었습니다."

"고든 씨, 저 앰플에 대해 설명해 주실 수 있을까요?"

고든은 화면을 뚫어져라 바라보았지만 낯선 물건이다. 레이첼의 표정이 그럴 줄 알았다는 듯 의기양양한 한편, 두려움이 스쳐지나간다.

"죄송합니다. 전혀요. 저 앰플 때문이라면 헛수고하셨군요. 국장님. 저는 처음 봅니다."

레이첼이 그런 고든을 향해 차가운 미소를 보였다.

"아뇨, 제가 모신 이유가 정확히 맞아 떨어졌네요. 고든. 저 앰플에는 아주 작게 리무브바이오의 표식이 들어가 있습니다. 그리고 생산연도도 표시되어 있죠. 조던?"

"2049년입니다."

"21년 전?"

조던이 고든의 질문을 무시하고 브리핑을 이어갔다.

"해당 앰플의 성분 분석 결과 에이필 제거 목적으로 개발된 것으로 보이며 추가로 존재할 경우 다수의 블랙캣이 발생할 수 있는 위험을 내포하고 있습니다. 기존까지 블랙캣은 에이필을 애초에 접종 받지 않은 사람들이었지만, 저 앰플이 존재할 경우 기존 에이필 인젝션 접종 완료자들도 에이필을 제거하고 정부의 통제에서 벗어날 수 있기 때문입니다."

고든은 내색하지 않으려 했지만 브리핑을 들으며 놀라움을 참을 수 없었다. 자신도 20년간 전혀 알지 못했던 내용이며, 에이필을 제거할 수 있으리란 상상을 하지 못했기 때문이다. 에이필은 한 번 인젝션이 이뤄지면 정확히 31년간 몸 안에서 활동한다. 그리고 만약 접종자가 자발적으로 엔딩크레딧에 임하지 않으면 접종자의 생명을 중단시키면서 함께 소멸하게 개발되어 있다. 즉 이 사회 구성원 전체가 50세에 인생을 마감하게 하는 가장 완벽하게 설계된 조셉의 작품이다. 그런 에이필을 소멸시키는 앰플이 존재한다는 말을 고든은 믿을 수가 없었다. 비단 브리핑을 듣고 놀란 것은 고든만이 아닌 듯하다. 페어백 장관이 급하게 입을 열었다.

"대체, 저 문제의 앰플이 어디서 나온 겁니까! 리무브바이오란 말인가요?"

레이첼이 이번에는 페르난도 스틸웰교도소장을 바라본다.

"소장님, 하실 말씀 없으신가요?"

"저요? 전혀요."

앞서 고든이 당하는 걸 봐서 그런지 지목당한 페르난도 소장의 표정에 불안한 그림자가 드리워진다.

"조던, 재생해요."

고든이 스크린을 터치하자 이번에는 스틸웰교도소의 CCTV가 재생된다.

"이건 조셉이 얼마 전 최종 면회를 하던 날입니다. 그날은 교도관들이 조셉의 엔딩크레딧을 앞두고 소지품을 정리하여 폐기하는 날이었죠. 일반적으로는 죄수들이 입소할 때 지참한 물건이나 의류들이 퇴소할 때 다시 지급되지만 조셉은 엔딩크레딧 예정이었기 때문에 수감 당시 지참한 물건들은 모두 폐기됩니다. 정상적으로 진행했다면 말이죠."

하지만 CCTV 화면이 재생된 스크린에는 교도관 한 명이 조셉의 짐을 뒤져 일부는 소각장으로 보내고 일부는 자신의 주머니에 몰래 챙기는 모습이 잡혔다. 일종의 도둑질이다. 어차피 물건의 주인은 죽을 사람이고, 소지품은 모두 불태우기 때문에 간혹 이렇게 재소자들의 물건을 슬쩍하는 교도관이 있다는 사실을 페르난도 소장도 알고 있었다. 레이첼도 이런 상황은 알고 있다는 듯 덧붙여 말했다.

"이건 일반적인 절도에 그칠 수도 있습니다. 하지만 문제는 다음 장면이죠."

교도소 밖으로 나온 교도관은 서서 담배를 꺼내는가 싶더니 뒤에서 다가오는 모터사이클에서 내린 사람과 잠시 대화를 나눴다. 그리고 훔친 조셉의 잔여 소지품을 주머니에서 꺼내 그에게 건넸다.

"잠깐, 조던! 거기 확대. 더더더더더."

레이첼의 지시에 조던이 화면을 멈추고 줌 기능을 최대로 끌어올렸다.

"정지."

화면에는 교도관의 손에서 모터사이클을 타고 온 남자에게 건네지는 볼펜 한 자루가 잡혀 있었다.

"저 볼펜 안에 문제의 앰플이 들어 있었습니다."

페르난도 소장이 골치 아픈 듯 머리를 감쌌다.

고든과 칼튼 회장이 모두 안보국으로 불려가서 자리를 비운 그 순간 비커스를 통한 12명의 VIP 리본크리에이팅 세션이 모두 종료되었다. 꼬박 하루가 넘게 걸린 시술에 직원들은 모두 지친 표정이다. 모리슨 장관은 이미 20년은 젊어진 모습으로 고든과 잠시 대화를 나눈 뒤 어제 늦게 귀가했다. 리무브바이오의 회복 캡슐에서 깨어난 나머지 10명의 권력자들 역시 적어도 10년 이상은 젊어진 듯하다. 이들에게는 오늘이 그저 평범한 월요일이 아닌 새로운 삶을 열어 짖히는 시작점인 셈이다. 한 명 한 명 캡슐에서 나오며 반가운 미소로 그레이스와 악수를 나눴다. 고든이 급하게 안보국의 연락을 받고 자리를 비운 터라 세션의 마무리는 그레이스와 팀원들이 맡았다. 세션의 성공적인 마감이 끝날 무렵 마지막 12번째 캡슐이 열리지 않았다. 그레이스는 도어 고장을 의심하고 빠른 걸음으로 12번 머신 앞으로 달려가 투명한 유리 도어를 수동 개방하려고 버튼을 조작했다. 하지만 그레이스는 눈앞에 펼쳐진 광경을 보자 비명을 지르며 그 자리에 주저앉고 말았다. 뒤이어 팀원들이 달려왔고 그들 역시 비명을 지르며 긴급 의료시스템을 요청하느라 정신이 없다. 머신 안에 누운 사람은 피를 토한 채 사망한 상태다. 리본크리에이팅 과정에서 발생한 오류 때문인지 캡슐 내부는 사망자의 신체조직과 신체기증자의 신체조직이 뒤섞여 처참하리만큼 잔인한 장면을 그려내고 있다. 그레이스는 정신을 차리고 서둘러 떨리는 손으로 명단을 살펴봤다.

'크레이그 베일리' 74세 / 전력회사 그린돔 CEO /
대장암, 땅콩 알레르기, 리본크리에이팅 대상.'

비교적 간단한 리본크리에이팅을 위해 휴가를 반납하고 이곳을 찾은 재벌 CEO다. 물론 지금은 시체가 되었지만. 그레이스는 서둘러 나머지 11명의 VIP를 돌려보내고 연구진들을 중앙통제실로 집결시켰다. 이제 더 숨길 수 없다. 비커스는 더 이상 가치가 없다는 것을. 그들이 통제할 자신이 없다면, 자의성을 지닌 비커스는 이제 제거되어야 하는 것이다.

마커스는 짐짓 냉정한 척 앉아 있지만 솔직한 피부색마저 숨길 수는 없었다. 그의 얼굴은 화끈거리는지 빨갛게 상기되어 있다. 마치 누구에게 방금 뺨을 세차게 얻어맞은 듯이 말이다. 안보국 비밀 회의실의 스크린에는 마커스와 치안국 무장부대원들이 데이빗 한 명에게 손쉽게 제압당하는 화면이 벌써 3분째 재생되고 있다. 마지막

대미는 장렬하게 목을 얻어맞고 호흡에 힘겨워하며 쓰러지는 마커스가 장식했다. 멋들어지는 출연진 소개도 없이 영화의 하이라이트 한 장면 같은 현장 녹화 화면이 꺼지자 회의실에 있는 모두가 레이첼이 아닌 마커스를 바라봤다. 난처해진 마커스가 자리에서 벌떡 일어서며 버럭 화를 냈다.

"그래서 뭐요. 나 맞은 거 확인해주려고 부른 겁니까?"

마커스가 대수롭지 않다는 듯 소리를 지르고 아차 싶었는지 뒤늦게 레이첼의 눈치를 살폈다.

"마커스, 수사관 경력 몇 년이시죠?"

"돌려까지 말고, 그냥 질책하실 거면 하시죠. 네, 제가 놓쳤습니다. 됐습니까?"

모멸감에 자리를 박차고 나가려는 마커스를 바라보며 레이첼이 한숨을 쉬었다.

"현장수사관들은 다 이렇게 1차원적인가요, 마커스? 자리에 앉아요. 지금 중요한 건 당신이 아니니까."

레이첼이 나머지 사람들을 향해 자세를 고쳐 앉으며 말했다.

"마커스는 20년 경력의 A급 블랙캣 전담 수사관입니다."

"S급이요. S. A등급 위에 스페셜."

마커스가 조용히 정정한다.

"그런 그가 혼자 출동한 것도 아니라 다섯 대의 무장트럭에 3개 소대 병력이 중무장 화기를 장착하고 소탕 작전에 임했죠. 맞나요, 마커스?"

체념한 마커스가 조용히 고개를 끄덕인다.

"그리고 저 젊은 청년 한 명이 현장에 있는 모두를 단 3분 만에 제압했습니다. 거짓말 같죠? 그런데 여기엔 더 놀라운 비밀이 있습니다. 슬로 영상 보시죠."

회의 참석자들이 일제히 스크린을 다시 바라본다. 지금 동작도 엄청나게 빠른데, 저게 재생속도를 느리게 슬로 모션으로 조정한 것이라고? 하는 표정으로 스크린에 집중하고 있다.

"마커스가 무능하다거나 질책하려고 이 자리에 부른 게 아닙니다. 지금 우리가 집중해야 할 건 바로 저 사람 데이빗입니다. 그리고, 페르난도 소장님?"

다시 이름이 불린 페르난도 소장의 표정이 일그러진다. 그녀에게 이름이 불린 남자는 이 방 안에서 조던 빼고는 모두 난처한 상황에 몰리기 때문이다.

"얼마 전 이 청년이 스틸웰교도소에 왔었죠?"

"공식적으론 마지막 면회자죠, 조셉의."

엔딩크레딧 확인서를 위해 찾아온 마커스나 면회 사실이 공개되면 안 되는 고든을 제외하면 실제로 그랬다. 소장의 답변 뒤 회의실 스크린에 이번에는 데이빗이 면회를 마치고 나와 집에 돌아가는 장면이 재생되고 있다. 그리고 잠시 뒤 데이빗의 뒤에서 달려온 모터사이클이 그의 뒤통수를 가격하더니 손에 들려 있는 무엇인가를 빼앗아 달아나는 장면이 흘러나왔다.

"소장님, 어디서 보신 모터사이클이죠?"

"아까 우리 쪽 교도관에게서 물건을 받은 자들이군요."

"손에 들고 있던 건 뭔지 아시나요?"

페르난도 소장이 난처해하자 조던이 대신 대답한다.

"교도소에서 반출 허가된 유품입니다. 성경 책이죠. 물론 보시다시피 지금은 데이빗이라는 청년에게 없지만."

잠시 뒤 시내에서 찍힌 교통정보 CCTV에 그 모터사이클은 또 등장했다. 이번에는 헬멧을 벗은 모습이다. 아마 담배를 피우려고 했던 모양이다. 그러자 범인의 얼굴이 스크린에 드러났다. 레이첼이 이번에는 마커스를 바라봤다.

"마커스 경감님, 누군지 아시죠? 이번 블랙 앰플 사건과 무장부대 폭행 사건의 주범입니다."

"네 잘 알죠. 또 스톤이군요."

[2070-10-14 MON]
French Connection

데이빗은 스톤의 뒤를 따라 어두운 골목을 30분째 걷고 있다. 밤새 운전해서 도착했지만 차가 들어설 수 없는 좁은 골목에는 새벽임에도 불빛도 소음도 없이 아침 적막만이 가득하다.

"예전에는 말이야. 여기도 다 사람이 살았어. 아주 북적북적했지."

"지금은요?"

"보다시피, 다 죽었어. 말했잖아. 20년 전부터 정부는 인구통계를 조사하지만 숨기고 있다고."

데이빗은 더 이상 질문을 하지 않았다. 계속 걷는 것이 피곤하기도 했고 웰엔딩센터에서 그동안 하루에 100명 가까운 사람들의 엔딩크레딧을 진행해 온 자신에 대한 자책감이 커지며 여러가지 생각과 후회가 스쳐 지나갔기 때문이다. 그런 데이빗의 표정을 읽은 스톤이 말했다.

"자책할 필요 없어. 너도 몰랐잖아. 조셉처럼 말이야. 너도 이게 맞는 일이고 당연하다고 생각했겠지. 하지만 지금이라도 실상을 보고 느껴야 해. 우린 그 누구도 죽일 권리나 죽어야 할 의무 따위는 없어. 그저 그들이 만들어 낸 허상에 이용당할 뿐이지."

"하지만 인류의 지속적인 생존을 위해서는…."

"망할, 데이빗! 아직도 모르겠어? 인류의 지속적 생존? 그건 소수의 선택된 인류를 말하는 거겠지."

스톤이 콧방귀를 뀌며 뒤돌아보다 발걸음을 멈춘다. 휑한 거리의 끝에 있는 작은 집 현관을 보며 망설이던 스톤이, 큰 결심이라도 한 듯 길게 한숨을 쉬다 문을 열고 입구에 들어간다. 무엇인가를 잘못해서 교무실에 불려온 문제아 학생 같은 표정이다.

"로즈! 나의 찬란하고 아름다운 장미 로…."

퍽 하고 날아온 운동화가 스톤의 얼굴에 떨어진다.

"환영 인사 분위기로 봐서는 안 좋은 타이밍에 왔나 보네요? 너무 새벽인가?"

데이빗이 운동화를 내팽개치고 있는 스톤을 앞질러 집 안에 들어서며 말했다. 마침 로즈라고 불린 여자가 오른쪽 운동화만 신은 채 계단을 내려오고 있다.

"스톤, 그딴 개소리는 그만하고. 대체 왜 이무 때나 멋대로 남의 집에 오는 거야?"

"남의 집이라니 너무 서운하다. 그래도 우리 한때는 뜨거운 시절이…."

로즈의 오른쪽 운동화가 날아와 스톤의 입을 강타했다.

"아침도 못 먹었으니까 시간 끌지 말고 찾아 온 용건이나 말해."

"성질머리는 안 변해, 하여간… 헤어지길 잘했지."

휙 뒤돌며 노려보는 로즈의 표정에 스톤이 재빨리 조셉의 등 뒤로 숨는다. 2층으로 올라간 로즈와 스톤, 데이빗은 방 한가운데 놓인 낡은 4인 탁자에 앉았다.

"커피 줘?"

"바빠."

"아 그럼 빨리 말해. 나도 바빠."

"이거."

스톤이 데이빗의 엽서 세 장을 테이블에 툭 던진다.

"뭐야, 이게?"

"요즘 이게 유행이야? 내가 질문할 걸 대답할 사람이 먼저 하는 거?"

로즈가 엽서 세 장을 유심히 살펴본다. 그런 로즈를 바라보며 스톤이 조용히 말했다.

"점쟁이나 마녀, 뭐 그런 여자는 아니야. 생긴 건 마녀 같지? 성질머리는 좀 그래도 원래 대학교수였어. 미술을 전공했고 그 천재들이 겨룬다는 케이블 프로그램, 그거 뭐지? 상금 주던 거."

"지니어스챌린지."

로즈가 엽서를 살펴보며 조용히 대답했다.

"맞아, 거기에서 15년 전엔 준우승도 했지. 그리고 5년 전엔 나랑 사귀…"

스톤이 조심스레 로즈의 눈치를 살핀다. 하지만 이미 맨발이 된 로즈는 오랜만에 맛있는 먹잇감을 발견한 굶주린 암사자처럼 눈이 빛나고 있다. 엽서를 한참 들여다보던 로즈가 창밖을 보며 담배를 피우고 있는 스톤에게 말했다.

"한 사람이 가지고 있던 거야?"

"맞아."

"프랑스 사람이야?"

"땡! 탈락입니다. 아, 아쉽네요. 로즈 쁘띠 선수 1회전에 바로 탈락입니다."

"닥쳐. 당연히 프랑스 사람이라고 생각하지 않겠어?"

"그래? 그 이유는?"

"흠… 일단 아니라니까 김이 빠지긴 하지만, 그래도 시작해보지. 첫 번째 엽서. 이건 46년 전 파리에서 열린 2024년 올림픽 기념 엽서야. 당시 대통령이던 에마뉘엘 마크롱 대통령이 그려져 있어. 몇 장 없어서 그 뒤엔 중고로 고가에 거래되었는데, 누군지 몰라도 가지고 있던 사람이 용케 구했나 보네? 두 번째 엽서. 이 엽서 속 사진은 로댕의 이브라는 조각 작품이야. 프랑스 미술관에 가면 쉽게 살 수 있는 기념품 엽서지. 이건 뭐… 그냥 평범해. 내용도 별로 없네 뒤에. 그리고 마지막 엽서. 이건 바실리 칸딘스키의 작품인 〈가브리엘레 뮌티의 초상〉이란 그림이야. 뭐 역시 그냥 기념품 수준의 엽서지."

"가브리엘레 뮌터가 프랑스 여자군!"

"아니, 틀렸어. 무식한 스톤. 스톤이란 이름이 참 잘 어울린다니까? 그녀는 독일인이야."

"그런데, 칸딘스키는 이름이 러시아 사람인 것 같은데요?"

"맞아, 데이빗."

"뭐야! 그런데 왜 프랑스 사람 거라고 생각한 거야?"

스톤이 로즈에게 짜증을 냈다.

"당신은 이게 문제야, 스톤! 도움을 청하러 왔지만 남의 거실에서 함부로 허락도 없이 담배를 태우는가 하면 아침 식사도 전에 아무렇게나 쳐들어오고, 게다가 무식하지! 내가 싫어하는 조건을 고루 갖췄어. 끝까지 들어. 신사 여러분, 데이빗의 말처럼 칸딘스키는 러시아 사람이고 독일인이었던 뮌터와 사랑을 해서 그녀를 주제로 초상화를 그렸어. 그런데 말이야, 칸딘스키는 성인이 된 후 프랑스로 귀화를 했어."

로즈가 의기양양한 표정으로 두 사람을 번갈아 바라봤다.

"프랑스라는 공통점이 있긴 하군. 하지만 여전히 땡이야! 엽서를 가지고 있던 건 이 친구 아버지거든."

세 사람은 동시에 조용한 침묵에 빠졌다. 조셉이 데이빗에게 프랑스를 상징하는 엽서 세 장을 준 이유를 알 수 없었기 때문이다. 역시 로즈가 제일 먼저 침묵을 깼다.

"이 엽서들을 통해 정확히 알아내야 하는 게 뭐야?"

"그걸⋯. 몰라."

"무슨 머저리 같은 소리야? 뭘 알아내야 할지 모른다고?"

"누군가가 20년을 지니고 있던 유품이고 중요한 단서를 담고 있는데 그 단서가 뭔지 몰라."

"이걸 전해준 사람이 밝히고 싶은 거나 네가 듣고 싶은 게 뭔데?"

"이 망할 놈의 나라가 뭔가 잘못되었다는 증거. 또는 그걸 증명할 증인이 필요하지."

"증인이 프랑스 사람이거나, 프랑스에 증거를 묻어 놨다는 거 아냐?"

"그건 아닌 거 같은데…?"

셋은 다시 침묵에 휩싸였다. 아침 해가 어느덧 하늘 높이 떠 올라 로즈의 거실을 따뜻하게 데워주고 있다.

"그렇게 단순하지 않습니다."

고든이 일어서서 소리쳤지만 이미 결정된 상태다. 레이첼이 자리에서 일어서자 다른 참석자들도 드디어 해방이라는 홀가분한 표정으로 서둘러 자리에서 일어섰다. 레이첼이 노트를 챙기며 고든에게 말했다.

"고든, 더 이상은 곤란해요. 블랙캣이 범람하고 있고, 이젠 에이필을 제거할 수 있는 블랙 앰플의 존재마저 확인되었어요. 당신이 지금부터 할 일은 치안부의 결정에 이래라 저래라 할 게 아니라 추가 블랙 앰플이 존재하는지 알아내고, 비커스의 오류나 고치는 거에요."

레이첼이 차갑게 고든을 쏘아보았다.

"수거된 블랙 앰플은 어쩌죠?"

페어백의 질문에 한심한 듯 바라보던 레이첼이 말했다.

"장관님, 어떻게 해야 할까요?"

"얼릴까요?"

레이첼이 진저리를 치며 회의실 문을 밀면서 말했다.

"당연히 폐기해야죠."

레이첼이 나가자 나머지 회의 참석자들은 머리를 싸매며 다시 자

[2070-10-14 MON] French Connection · 125

리에 앉았다.

"고든 자네는 이제 가봐도 돼."

페어백 장관이 레이첼에게 받은 스트레스를 엄한 곳에 풀 심산인지 잔뜩 짜증 섞인 목소리로 말했다.

"마커스, 이번 작전이 성공하면 내가 보증하겠네. 앨리스의 리본 크리에이팅."

페어백의 말에 고든과 마커스의 눈동자가 동시에 그의 얼굴을 향한다.

"왜, 뭐 불만이라도 있어? 레이첼 말 못 들었어? 이번에 끝장 내야 한다고!"

"마커스는 이미 작전에 실패했어요. 아까 영상 보셨잖습니까?"

고든이 어처구니없다는 듯 말했다.

"고든 연구원, 그럼 뭐 더 좋은 방법이 있나?"

페어백 장관이 차가운 말투로 물었다. 그것 보라는 듯이 대답하지 못하는 고든에게서 시선을 거둔 페어백이 마커스에게 말했다.

"생명 보호 조치가 삭제된 작전이네. 마커스."

"제가 좀 직설적이에요, 장관님. 그럼… 고양이들을 죽여도 된다는 거죠?"

"필요하다면. 얼마든지."

페어백이 웃는다. 마커스는 작심한 표정으로 먼저 회의실을 성큼성큼 나선다. 그 뒤를 페르난도 소장과 페어백 장관이 따라간다. 홀로 남은 칼튼 회장이 창밖을 보며 골똘히 생각에 잠긴 사이 잠시 망설이던 고든은 테이블에 놓여 있던 블랙 앰플 샘플 병 세 개 중 한 개를 조용히 주머니에 숨기고 한숨을 쉬며 방을 빠져나왔다.

　로즈의 집을 나온 조셉과 고든은 차를 타고 10km를 더 달려 또 다른 버려진 동네에 도착했다. 낡은 3층 집 앞에 차를 세운 스톤이 집의 문을 열고 말없이 성큼성큼 2층 계단을 오른다. 데이빗은 거미줄이 머리에 닿는 것이 싫어서 허리를 잔뜩 굽히고 스톤을 따라 나섰다. 작은 3층 집은 마치 데이빗이 어린 시절 학교에서 소풍으로 놀러갔던 놀이동산의 유령의 집과 닮았다. 그런데 외관이나 1층, 2층과는 달리 이 집의 3층은 깔끔하게 정리되어 있었다. 그리고 복도 끝에 있는 방에 들어가자 커다란 스크린들이 밝게 빛나고 있다. 마치 교통통제센터 같은 모습이다. 그리고 그 스크린 앞에는 너댓 명의 젊은 사람들이 앉아 여러 개의 화면을 보며 치안부의 블랙캣 단속 현장을 모니터링하고 있다.

　"피터, 정면 사거리 좌측에서 단속반 접근 중. 지니고 있는 장물이 있다면 우회해."

　"라미, 레디시로드 43번가 세 번째 라인 집 네 군데 모두 비었어. 진입 가능해. 혹시 뒤지다가 헤드폰 보이면 꼭 좀 챙겨줘. 지금 네 목소리가 어제 죽은 유령처럼 들리니까."

　"어때, 우리도 나름 첨단이지?"

　스톤이 웃으며 데이빗의 어깨를 툭 친다.

[2070-10-14 MON] French Connection · 127

"들어와, 비밀의 열쇠가 궁금하다면서."

스크린이 가득한 방을 가로질러 스톤이 열어 준 문을 따라 들어가자 내부는 상당히 좁지만 아늑한, 햇살마저 환하게 들어오는 서재가 나왔다. 이렇게 따뜻한 분위기의 공간을 마주하는 게 얼마 만일까, 아니 본 적 있을까 싶을 만큼 좁지만 인상적인 공간이다. 스톤이 그것 보라는 듯 흐뭇하게 웃으며 데이빗에게 점잖게 자리를 청했다.

"난 말이야, 예전에 기자를 할 때 사고를 쳐서 국장 방에 불려 들어가는 게 너무 좋았어."

"왜요?"

뜬금없는 스톤의 말에 데이빗이 물었다.

"그 작자의 방이 딱 이랬거든. 들어가면 아늑하고, 기분 좋은 커피 향이 코를 적셨어. 그 방에 앉아서 기사를 쓰면 정말 멋진 글들만 나오겠다는 착각이 들 만큼 좋은 방이었지. 창으로는 따뜻한 햇살이 사계절 내내 쏟아져 들어오고, 그래서 방 안에 둔 화분들은 마시다 만 물컵의 물만 가끔 버려도 아름다운 꽃을 알아서 피울 만큼 잘 자랐지. 비록 국장이 내 귀에 대고는 쓸데없이 정부 정책을 비난하거나 고위 공직자의 뒤를 캐지 말라며 자리에 걸맞지 않는 쌍욕을 늘어놨지만 나는 그 순간 귀를 닫고 오롯이 그 녀석의 방 분위기를 즐기고 있곤 했어. 그리고 그 국장도 내게 욕을 하며 나를 만류하는 척 내숭을 떨었지만, 아마 속으로는 '더 해, 스톤! 더!'라고 외치고 있었을 거야."

"왜요?"

"넌 정말 조셉을 많이 닮았어. 질문이 많거든!"

스톤이 빙그레 웃으며 말을 잇는다.

"내 자극적인 기사에 우리의 판매 부수는 항상 높았고, 그만큼 광고가 따라왔기 때문이지. 국장이란 자의 역할은 딱 두 가지였어. 판매 부수를 올리는 것. 그리고 자신은 최선을 다해 나를 말리고 있다는 모습을 높은 사람들에게 보여주는 것. 난 그때마다 너무 멋진 그자의 방에 불려 들어가 커피 향기를 마시며 실컷 욕을 얻어먹고 나오기만 하면 되는 거고."

데이빗과 스톤은 마주 보고 웃었다.

"그리고 네 아버지가 마지막 그날 밤에 나를 불러내고 와인 한잔을 사주며 그동안의 이야기를 다 들려주고 나서야 난 내가 어떤 세상에 살고 있는지 깨달았어. 왜 그토록 조셉이 급하게 나를 찾았는지, 그가 왜 절망했는지 알게 되는 데는 그리 오래 걸리지 않았지."

스톤은 이야기를 잠시 멈추더니 작은 리모컨을 책상 서랍에서 써냈다. 그리고 비밀 번호를 입력하자 스톤의 책상 위에 놓은 스피커에서 익숙한 목소리가 들리기 시작했다. 조셉이다.

"스톤, 그곳의 비밀은 아무도 알 수 없어. 보안이 철저해서 어떤 정보도, 내용도 밖으로 나갈 수 없지. 오늘 내가 너에게 들려주는 이야기가 어쩌면 처음이자 마지막이 될 거야."

와이너리의 시끄러운 음악 소리 속에 녹아 있는 조셉의 음성은 한

[2070-10-14 MON] French Connection · 129

없이 떨리고 불안했다.

"조셉의 모습을 보고 예사롭지 않은 일인 거 같아 녹음을 했어. 기자의 습관이야. 계속 들어 봐."

"리무브바이오는 이사회의 결정을 무시하고 에이필에 리무빙, 살인 기능을 넣어서 접종하고 있어. 그리고 비커스를 사람들의 건강관리와 보건복지에 활용한다고 하지만 그건 그들이 제공하는 아주 당연하고 사소한 혜택에 불과해. 왜냐하면 그들이 진짜 원하는 건 비커스를 통해 수집된 사람들의 생체 정보를 이용해 고위공직자나 부유층에게 젊음을 되찾아 주는 리본크리에이팅이기 때문이야. 원하는 사람을 죽여서, 높은 사람들의 건강과 젊음에 소비하고 있다고!"

조셉의 말이 끝나자 스톤이 역겨운 표정을 지으며 소리쳤다.
"들었어? 우린 그저 그들을 위해 존재하고 있는 거야, 젠장. 저놈들이 언제 찾을지 모를 젊음을 내 몸뚱이에 저장하고 있을 뿐이라고!"
데이빗은 놀란 입을 다물지 못했다. 자신의 몸에 언제든 자신을 죽일 수 있는 칩이 심어져 있다는 두려움보다 이런 일을 벌인 사람들의 잔인함에 몸이 떨렸다.
"네 아빠는 어렸을 때부터 굉장한 천재로 이름을 날렸어. 나랑은 비교도 안 되는 놈이지. 2045년, 조셉은 스무 살에 박사학위를 받으면서 리무브바이오에 스카우트되었어. 그리고 회사의 전폭적인 지원을 받으며 5년 만에 개발한 게 에이필과 비커스였지. 그렇게 조셉은 리무브바이오에서 뛰어난 연구 성과로 이름을 날렸고 그 무렵 네 엄마, 마리와 다시 만나 결혼을 한 거야. 그리고 사랑의 결실도 바로 맺을 수 있었지. 바로 너. 왜냐하면 마리가 그해를 넘기면 출산을 할 수 없는 서른 살이었거든. 결혼 후에도 조셉의 연구는 계속되었어. 사람들에게 에이필을 접종하고 비커스로 관리하려면 고도화시킬 필요가 있었기 때문이지. 결국, 조셉의 연구는 네가 태어날 그 무렵 완성되었어. 그때부터 모든 사람들은 에이필을 접종받기 시작했지. 그때까지만 해도 조셉은 에이필과 에이필을 통제하는 비커스가 이런 목적으로 쓰일지 전혀 몰랐을 거야."

"어떻게 그럴 수가⋯."

"이런 음모론이나 상상은 훨씬 오래전부터 존재했어. 70~80년 전부터 말이야. 지구를 위해 인류가 멸종되야 한다는 악당과 그 악당을 무찌르는 〈킹스맨〉이란 스파이 영화가 유행했고 인위적 인구조설을 위해 생화학 무기를 사용하려는 천재 과학자를 막는 역사학자 이야기인 〈인페르노〉가 개봉해서 엄청난 인기를 끌었지. 그러다 코로나라는 질병이 유행하며 수많은 사람들이 죽자 유명 인터넷 기업의 설립자가 사람들에게 질병을 퍼트리거나 바이러스가 포함된 백신을 접종해서 멸종시키려 한다는 음모론까지 퍼지기도 했어. 물론 실제로 그런 일이 생기진 않았지만 말이야."

"이미 수십 년 전부터 인구의 통제나, 인류가 지구에 암적인 존재라는 사상이 퍼져 있었군요?"

"뭐 그렇게 심하진 않은, 음모론이나 일부의 주장이었지. 그런데

[2070-10-14 MON] French Connection · 131

그러다 얼마 후 실제로 마이크로칩보다 작은 베리칩이 수술이나 주사 방식으로 인체에 이식되어서 공식적으로 정부의 인정을 받고 쓰이는 일이 현실이 되었어. 현재 우리가 맞는 에이필의 조상급이라고 보면 되겠지? 편리하다는 이유로 몸에 심은 베리칩을 전자지갑처럼 쓰거나, 멤버십카드로 쓰는 일이 현실이 된 거지. 이 베리칩에 대한 반대론도 당시에는 만만치 않았어. 그걸 우리 몸에 넣어 결국 자기들 마음대로 통제하려 한다는 음모론이 역시나 또다시 유행한 거야. 지금은 현실인데 우습지? 사실, 아주 솔직히 말하자면, 내가 취재를 시작한 것도 그런 음모론들을 통해서였어."

"뭔가 증거가 있거나 그래서가 아니라, 그저 가십을 통해서였다구요?"

"이봐, 데이빗. 나도 먹고살아야 했어. 수명이 50세로 제한된 세상에서 제대로 살아 보지도 못하고 죽을 순 없잖아? 억만장자가 돼서 수명연장세를 낼 수 있다면야 더할 나위 없겠지. 하지만 그게 아니라면 돈이라도 많이 벌어서 편하게 살고 싶은 건 당연한 거 아냐? 어찌되었든, 그런 과거부터 존재하던 소문들, 영화의 소재들을 떠올리고 정부를 귀찮게 하며 자극적인 글들을 만들어 냈던 거야. 돈도 제법 만졌지."

"당신도 결국 그저 그런 쓰레기를 양산하던 가짜 기자였군요."

"이봐, 함부로 말하지 마. 이야기는 아직 안 끝났으니까. 나에 대해 판단하려면 적어도 끝까지 듣고 해! 나름 내 직업에 대한 윤리의식이나 자부심은 큰 편이니까. 그러다 서서히 무언가 이상한 점을 발견했어. 처음엔 판매 부수가 느니까 신이 나서 기사를 써 댔지만, 사람들의 응원에 힘을 얻어 조금씩 제대로 된 기사를 위해 취재를 시작하자 윗선에서 압력이 오기도 하고, 치안부에서 나를 감시하기 시작했지. 그때 알았어. 무언가 이상한 일이 실제로 벌어지고 있다는 걸. 그리고 조셉은 그걸 내게 직접 들려줬지."

 스톤은 이야기를 잠시 멈추더니 담배에 불을 붙이고 창문을 열었다. 부서지듯 쏟아지는 햇살이 여전히 아름다운 오전이지만 언제든 누군가에 의해 숨이 멈출 수 있다고 생각하니 갑자기 우울해졌다.

"그럼 이제 어쩌죠?"

 데이빗이 스톤의 손에 들린 담배를 빼앗아 입에 물며 말했다. 스톤이 어깨를 으쓱해 보였다.

"글쎄?"

"열쇠는 나라면서요."

"네 힘과 블랙캣의 힘을 합쳐서 이 멍청한 시스템을 붕괴시켜야시."

"하지만, 정부나 리무브바이오가 잘못하고 있다는 증거는 없잖아요? 아냐! 녹음, 아빠의 목소리가 있잖아요. 저 고장 난 시계는 절대 12시에 도착하지 않는다고. 그냥 저들이 통제하기 좋도록 우리는 50세가 되면 죽어야 하고 일부는 저들의 젊음을 위해 더 일찍 죽어야 하는 거라고 말했잖아요!"

"그래, 그 말을 누가 했는데?"

"네?"

"이게 바로 얼마 전 사형을 당한 범죄자 조셉의 증언이다. 그게 증

[2070-10-14 MON] French Connection · 133

거다? 아니면, 지명수배 1순위 블랙캣인 전직 가십 전문기자 스톤의 또 다른 폭로 기사다? 사람들이 그 말을 믿을 것 같아? 대중들은 절대 이 정도 증거에는 분노하거나 나서지 않아. 확실한 무언가가 필요하지. 난 조셉이 너에겐 뭔가 중요한 힌트를 남겼을 거라고 믿었어. 그 녀석은 그러고도 남을 천재니까, 이 시스템을 붕괴시킬 증거나, 증인을 네게 알려주리라 기대했지. 그런데…"

실망에 휩싸인 두 사람은 침묵에 잠긴 채 나란히 창밖을 바라보고 있다. 모두를 위한 희생을 강조하는 불공정한 세상. 일부를 위해 다수가 희생됨에도 완벽해 보이는 시스템 탓에 붕괴를 꿈꾸기 어려운 세상. 그 세상에 두 사람은 맨주먹으로 서 있는 것이다. 고요함이 지겨워질 무렵인 그때 스톤의 전화가 울렸다. 로즈였다.

[2070-10-14 MON]
Love Story

"도무지 어떻게 해야 할지를 모르겠어요. 회장님."

울면서 30분째 같은 내용을 보고하고 있는 그레이스에게 칼튼 회장은 짜증이 심하게 나 있다. 안보국에 불려간 고든을 호출했지만 여전히 회의 중이라는 회신뿐이다. 회의가 끝나고 칼튼 회장이 먼저 도착했기에 더 답답하다. 같이 있던 고든이 분명 안보국을 나선 것을 확인했기 때문이다.

"그레이스, 진정하게. 자네의 탓이 아니야. 물론 나, 고든의 탓도 아니지. 의료 사고는 원하지 않지만 어느 순간, 누구에게든 생길 수 있는 일이네. 지금 우리가 해야 할 일은 이 사태를 현명하게 대치하고 해결해 나가는 것이라네."

칼튼 회장은 지금 당장 누구든 이 여자 좀 끌어내라고 말하고 싶지만 그런 식으로 본인이 쌓아 온 이미지와 평판을 갉아먹을 만큼 무식한 사람은 아니다. 그때 노크 소리와 함께 구세주가 등장하자 칼튼 회장은 숨통이 트였다.

"고든! 문제가 생겼어!"

"박사님, 어쩌면 좋죠?"

고든은 이미 안보국을 나서면서 쏟아진 메시지들로 사태가 파악됐다. 두 사람이 잠시 진정되길 기다리던 고든이 차분히 말했다.

"이미 말씀드린 바 있지만, 비커스는 이제 우리 통제 밖에 있습니다. 회장님."

깔끔하고 명료하지만 가장 답답한 대답을 칼튼 회장이 받아들었다. 하지만 그는 짜증을 내지도, 화를 내지도 않고 여태 울고 있는 그레이스의 어깨에 조용히 손을 얹으며 위로했다.

"그레이스, 이제 진정하고, 책임자인 고든이 왔으니 8층으로 내려가보게. 자네는 가서 불쌍한 우리 고객의 유해를 마저 정리하고 사태를 수습해주게. 난 고든과 중요한 의사 결정을 하고 곧 그를 내려보내겠네."

그레이스는 회장실 밖을 나서면서까지 울면서 중얼거렸다.

"젠장!"

문이 닫히고 나서야 칼튼은 후련한 듯 한마디 내뱉었다.

"좋아, 고든. 이제 본격적으로 이야기를 시작하지."

"그게 다입니다. 들으셨잖아요. 이제 비커스는 우리가 통제하지 못합니다. 딥러닝 결과가 우리 판단 영역 이상에 존재하고 있어요. 자의적 판단을 내리기 시작한 겁니다."

"그래서 자네의 의견은?"

"이제 그만해야 합니다. 회장님."

"글쎄, 그건 너무 많은 사람들의 동의가 필요한 문제군. 아니, 아무도 동의하지 않을 문제지."

"그렇다면 전 빠지겠습니다. 더 이상은 무리입니다."

"이런, 그만두겠다고? 어렵게 얻은 지금의 자리를 그렇게 쉽게 포기한다, 억울하지도 않나, 고든? 섣불리 판단하지 말게. 지금의 시대는 나에게, 그리고 자네에게 아무도 갖지 못한 것들을 선물할 거야. 잠시만 기다려주겠나? 조금 이르지만… 보여 줄 것이 있네. 생각보다 빨리 자네에게 알려주게 되었군."

칼튼 회장은 자리에서 일어서더니 방 밖으로 나갔다. 칼튼 회장의 뒷모습을 바라보던 고든은 그의 모습이 조금 멀어지자 문을 조용히 닫고 아직 켜져 있는 칼튼 회장의 모니터 앞으로 뛰어갔다. 그리고 그의 자리에서만 접속 가능한 회사 기밀에 접근해서 리본크리에이팅 대상자 기밀 리스트를 확인했다. 그리고 드디어 그 안에서 고든은 카밀라의 이름을 발견할 수 있었다.

투입: 카밀라 페어백 70세 / 재생: 칼튼 스콧 84세

화면에 뜬 두 사람의 이름을 고든이 멍하게 바라보고 있다. 믿을 수 없는 상황에 그는 어떤 표정이나 행동을 해야 할지 잊고 고장 난 로봇처럼 얼어붙어 버렸다. 카밀라는 칼튼 회장의 리본크리에이팅을 위한 희생양인 것이 기밀 리스트를 통해 확인됐다. 그녀의 크랙 발병 이유는 칼튼 회장이 지속적으로 비커스에게 에이필을 통한 카밀라의 사망을 명령했기 때문임을 알게 된 것이다. 고든은 자신이 알지 못하는 곳에 칼튼 회장의 직접 지시로 진행되는 리본크리에이팅이 존재하고 있는 것 같다는 의심을 품고 있었다. 그리고 그 의심은 지금 확

신이 되어 고든에게 실망감과 분노를 선사하는 중이다. 그때 문 밖에서 칼튼 회장의 발걸음 소리가 들렸다. 고든은 칼튼 회장의 자리에서 벌떡 일어나 피할 생각도 하지 않고 냉정하게 칼튼 회장을 노려봤다.

"오… 이런…. 고든… 자네는 요즘 내게 의외의 모습을 많이 들키는군."

밝게 빛나는 모니터 앞에 선 고든을 향해 알 수 없는 미소를 띄우며 칼튼 회장이 말했다. 직감적으로 고든이 중요한 내용들을 이미 파악했으리라 생각한 것이다.

"칼튼, 탐욕스러운 당신 밑에서 더 이상 일할 생각 없어. 위선자 같으니."

자리를 박차고 나가는 고든의 팔을 칼튼 회장이 잡는다. 겉모습은 노인이지만 리본크리에이팅을 통해 수없이 재생되고 단련된 그의 몸과 힘은 고든을 제압하고도 남을 만큼 강인하다. 여전히 젠틀한 표정, 정중한 몸짓이었지만 눈빛만은 강렬했다. 그 눈은 고든을 노려보고 있었다.

"고든, 자네는 항상 최고가 되고 싶었지. 하지만 불가능했어. 조셉이 있었으니까. 그런데 그가 개발한 비커스는 이제 잘못된 교육으로 엉망이 된 망나니처럼 제멋대로 날뛰고 있어. 그걸 고쳐 줄 조셉도 이 세상 사람이 아니지. 자넨 지금 비겁하게 책임질 수 없는 상황이 되자 도망치려 하면서 마치 불의에 항거라도 하는 것처럼 고상한 척을 하고 있는 거야. 고든. 부끄럽지 않나? 그런데 말이지, 지금부터 내가 보여주려는 건 오직 자네 말만 충실하게 듣는 애완견 같은 새

친구야. 조셉의 그늘에서 벗어나 자네 뜻을 펼칠 수 있는 새 인공지능이란 말이지. 그만둘지 말지는 이걸 보고 생각하는 게 어때?"

칼튼 회장의 말에 고든이 날카롭게 노려보았다. 그리고 고든은 마지못해 칼튼 회장의 뒤를 따라 나섰다.

"러브 스토리야. 사랑이라구."

스톤의 전화기 너머 로즈 목소리가 흥분으로 들떠 있다.

"마치 너와 나처럼?"

"잠시라도 진지할 수 없어? 머저리 같은 소리 말고?"

로즈가 짜증을 내다가 전화에 대고 차분하게 설명을 시작했다.

"처음엔 프랑스나 미술에 집착하느라 단서들을 못 찾고 겉돌았어. 그러다가 우연히 칸딘스키의 그림에서 힌트가 떠올랐지. 칸딘스키가 그린 그림의 주인공 가브리엘레 뮌터는 칸딘스키의 동료이자 제자였어. 그리고…."

"연인!"

"맞아. 뮌터는 칸딘스키의 제자이기도 했지만 연인이었어. 그리고 마크롱 대통령도 오랜 시간 짝사랑했던 스물다섯 살 연상의 자기 담임 선생님과 결혼에 성공했지."

"그렇다면 로댕은?"

"까미유 끌로델! 1883년 로댕은 까미유 끌로델이 19세일 때 그녀를 제자로 받아들여. 그리고 그 이후엔 예상이 되지?"

"사랑에 빠졌군."

"맞아. 사제지간이야. 세 엽서에 등장한 사람 모두. 그리고 연인이지. 스승과 제자와의 로맨스가 답이야! 러브 스토리라는 공통점이라구!"

"오케이, 로즈. 넌 천재야. 그래서 정답은 뭐야?"

"멍청아. 스톤, 이 정도 알아냈으면 뭐라도 네가 스스로 찾을 수 없는 거야?"

그때 데이빗이 자리를 박차고 일어나 옷을 입었다.

"이봐, 어디 가!"

"집에요!"

"뭔 똥딴지 같은 소리야. 머리 셋을 합쳐도 부족한 이 마당에."

"따라와요. 당장."

"로즈, 이만 끊어. 나 말고 젊은 멍청이가 엄마 보고 싶다고 난리야."

전화를 끊은 스톤이 짜증을 내며 데이빗을 따라 나섰다.

"데이빗, 이럴 시간 없어."

"엄마예요. 마리."

"뭐? 뭐가?"

"엄마와 아빠는 사제지간이었어요. 아빠가 엄마의 학생이었죠. 그들처럼."

스톤은 그제야 알겠다는 듯 서둘러 차 키를 챙겼다. 스톤과 데이빗을 실은 차는 뿌연 먼지를 내며 도로를 달리기 시작했다.

"다시 한번 말하지만…"

페어백은 자신의 검은 색 고급 세단 뒷좌석에 앉아 벌써 저 말을 열 번도 넘게 하고 있다. 앞 좌석에 앉은 마커스가 담배에 불을 붙이려 하자. 예의 없이 뒤에 앉아서 발로 쿵쿵 앞 좌석을 차는 정중한 흡연 주의 메시지도 세 번째다. 그래도 다행인 건 리무브바이오 본사와 대통령궁은 그다지 멀지 않다. 이자의 잔소리를 들으며 담배를 참는 것도 그리 오래 걸리지 않을 것이란 뜻이다. 마커스는 이럴 것을 예상하고 페어백에게 그냥 걸어가겠다고 했지만 페어백은 굳이 할 말이 있다며 마커스를 자기 차에 태우고 가는 중이다. 그리고 같은 이야기를 반복하고 있다. 리본크리에이팅에 치매 치료는 없나? 라는 합리적 의심이 들기 시작하는 마커스다.

"고위 공직자나 충분한 비용을 댈 수 있는 VIP가 아닌 일반 국민이 리본크리에이팅에 초대되는 경우는 거의 없어. 그만큼 이례적이시. 이건 자네가 맡은 임무가 엄청나게 중요힘을 의미하는 기야. 게다가 대통령께서는…"

"네, 네 알겠다고요. 바보가 아닌 이상 외우지 않았겠어요? 리본크리에이팅 최종 승인자는 대통령이니 결코 무례하게 굴지 말라. 그리고 일반 국민과 마주하는 것은 취임 후 처음이니 그분이 당혹스럽지 않도록 뚫어지게 바라보지 말아라. 더 있습니까?"

페어백은 그제야 안심이 되는 듯 창밖을 바라본다.

"자네도 알다시피 블랙캣은 오랜 고민거리였어. 이제 그들이 통제를 벗어날 수단을 발견한 이상 더 지체할 수 없어."

두 사람을 태운 차량은 대통령궁의 경비 초소를 지나 두 번이나 더 검문을 거쳤다. 경비 초소를 지나면 그만일 줄 알았지만 지하터널 하나를 지나 숲길을 5km 넘게 달려가서야 대통령궁 건물이 멀리서 보이기 시작했다.

"걸어서는 못 올 뻔했네."

마커스가 중얼대는 사이 대통령궁 내빈 주차장에 차를 세우자 보안책임자와 대통령궁 방문객 담당 주무관이 나와 페어백 장관을 기다리고 있다.

"이분이군요. 행운의 주인공이. 반갑습니다. 마커스 수사관님."

악수를 청한 방문객 담당 주무관은 흰색 장갑을 그대로 낀 채 손을 내밀어 악수를 청한다. 일행은 실내 진입을 위한 보안 게이트를 지나서야 진짜 대통령궁의 내부로 들어갈 수 있었다. 물론 마커스가 지참하고 있던 권총과 칼, 총알, 격투 중 발생한 부상으로 인해 몸에 심어져 있는 금속 수술 제품으로 잠시 소란이 있긴 했지만. 제일 위에 있는 5층 응접실로 들어서자 젊은 남자 한 명이 서서 페어백 장관과 마커스를 기다리고 있다. 대통령을 만나기 전에 악수할 사람이 정말 많은 곳이군, 이라고 마커스가 생각하는 순간 페어백 장관이 허리를 깊이 숙여 인사를 했다.

"만나 주셔서 감사합니다. 대통령님."

[2070-10-14 MON]
The Key

마리는 한참 동안 데이빗을 안고 있었다.

"무슨 일이 생긴 줄 알았어, 데이빗."

"죄송해요. 놀라시게 해서…."

"미안해 마리, 갑자기 이렇게 나타나서."

세 사람은 그렇게 어색한 인사를 나눴다. 마커스가 마리의 집에도 병력을 배치한 탓에 세 사람은 집에서 만날 수가 없었다. 하지만 데이빗은 페드로의 도움으로 퇴근 후 자주 들렀던 웰엔딩센터 맞은편 펍에서 마리를 만났다.

"마리, 궁금한 게 많겠지만 시간이 없으니 우리가 먼저 물어볼게. 우리가 궁금한 건…."

"스톤, 언젠가는 이렇게 될 줄 알았어요. 말해야 한다고 다짐했지만 용기가 안 났죠."

스톤의 질문에 갑자기 마리가 먼저 말을 꺼내기 시작했다.

"미안해 데이빗, 난 너, 네 아빠와 함께 평범하게 살고 싶었어. 하지만 그건 정말 사치스러운 꿈이었나 봐. 남들은 모두 누릴 수 있는데 내게는 허락되지 않는 흔한 사치."

마리의 말에 데이빗 역시 조급해졌다. 궁금한 것은 많지만 시간은 없기에 마리의 이야기를 마냥 듣고 있을 수만은 없기 때문이다. 더구나 마리는 크랙 환자다. 언제 고통이 찾아올지 모르는.

"엄마, 아빠는 내게 유품을 남겼어요. 그리고 뭐부터 설명해야 할지 모르겠지만… 이 세상은…."

"옳지 않지."

"네?"

"정상이 아니지. 누군가가 타인의 삶에 유통 기한을 정해준다는 것이."

마리의 조용한 대답에 스톤과 데이빗은 서로를 마주 보고 마리의 이야기를 듣기로 했다. 세 사람에게는 이제 40여 분밖에 시간이 없다. 오히려 마리가 하는 말을 잠자코 듣는 것이 시간을 아끼는 방법일지 모른다. 40분이 지나면 마리의 크랙 통증이 다시 시작될 것이고, 그러면 그 소리를 듣고 그녀가 이곳에 나와 있는 것을 눈치 챈 수사관들이 삽시간에 들이닥칠 것이다. 맥주를 한 모금 마신 마리가 이야기를 이어갔다.

"데이빗, 엄마는 사실 2000년에 태어났단다."

스톤과 데이빗이 깜짝 놀라 마리를 바라봤다. 마리는 크랙으로 초췌한데다 50에 가까운 나이가 되었으니 그 나이보다 조금 더 들어 보이긴 한다. 하지만 그렇다고 70세로 보이진 않는다. 그리고 무엇보다, 그렇다면 마리는 이미 20년 전에 죽었어야 정상이다. 놀란 두 사람을 바라보며 마리가 말했다.

"엄마는 사실 30년 전에 리본크리에이팅을 받았어. 원한 것은 아니지만….."

 잠시 생각을 정리하던 마리가 마음을 정했는지 차분히 설명을 이어나갔다.

 "다시 한번 말하지만, 엄마는 2040년에 리본크리에이팅을 받았어. 그때가 내 나이 마흔 살 때였지. 결과는 놀라웠어. 내 몸은 다시 스무 살이 되었으니까 말이야. 그리고 새로운 이름과 생일을 선물 받았지. 게다가 내가 원하던 대로 학교 선생님 직업도 얻게 되었어. 거기서 열다섯 살이던 너의 아빠 조셉을 만났단다. 조셉은 정말 영리했고, 마음이 따뜻했지. 내가 아닌 누가 봐도 멋진 남자로 클 것이 당연해 보였단다. 그가 졸업하고도 소식을 주고받으며 우정을 키워 나갔지만, 5년 뒤 어른이 된 조셉이 다시 날 찾아왔을 땐 그 우정이 사랑이 되었음을 우린 느낄 수 있었어."

 마리는 데이빗의 얼굴에서 조셉의 흔적을 찾고 싶은 듯 아련한 표정으로 데이빗을 바라봤다.

 "그리고 조셉과 나의 사랑은 5년 뒤 결실을 맺었지. 그게 바로 너란다. 하지만 엄마는 그때 두 번째 리본크리에이팅을 받아야만 했어. 겨우 10년이 지났을 뿐인데, 그리고 배 속에 데이빗 네가 있는데 리본크리에이팅을 또 받아야 한다는 사실을 받아들일 수 없었지. 널 임신한 상태로 리본크리에이팅을 받게 된다면 너도 잃게 되고 10년간 키워 온 조셉과의 사랑도 물거품이 될 테니까…. 새로운 이름으로 또다시 스무 살이 되어 삶을 시작한다는 것이 결코 특권이 아님을 뒤늦게 깨달은 거야."

"아니, 대체 왜 원하지도 않는 리본크리에이팅을 받아야 한다는 거야, 마리!"

이해가 되지 않는다는 듯 스톤이 다그쳤다. 데이빗도 이 놀라운 이야기가 이해되지 않기는 마찬가지다.

"현재 대통령의 임기는 5년 중임제야. 5년간의 임기를 수행하고, 재임에 성공하면 10년간 대통령 자리를 지킬 수 있기 때문이지."

"맙소사! 그게 무슨 상관인데요, 엄마!"

데이빗은 여전히 이해하기 어려운 마리의 이야기로 머리가 아프다. 하지만 스톤의 눈이 번쩍이기 시작했다.

"마리, 그렇다면 현재 일하고 있는 대통령, 지금 가브리엘 대통령이 혹시 10년 전에도 같은 사람이었던 거… 내 추측이 맞아?"

스톤의 질문에 데이빗이 놀라 마리와 스톤 두 사람을 번갈아 바라봤다. 스톤 역시 확신에 찬 눈빛으로 마리를 바라봤다.

"맞아, 그리고 그 사람은 20년 전에도, 30년 전에도, 대통령이었지."

대답을 들은 데이빗과 스톤은 얼음처럼 그 자리에서 굳어 버렸다. 모든 국민이 에이필 인젝션을 받기 시작한 2050년, 그 훨씬 전인 2040년, 이미 리무브바이오는 리본크리에이팅 기술을 개발하는 데 성공했다. 그들은 국가의 보건관리시스템의 주도권을 얻기 위해 정부와 대통령의 협조가 필요했고, 당시 65세의 나이로 재임하고 있던 대통령과 핵심 관료들에게 거부할 수 없는 제안을 했다. 임기가 종료되는 10년의 시점마다 리본크리에이팅을 제공함으로써 새로운 이름과 젊음을 함께 선물하고, 권력을 유지할 수 있도록 말이다. 대통령을 비롯 주요 부처 장관들은 이 제안을 수락하고 리본크리에이팅에 나섰고, 임기가 끝날 무렵이 되면 순서대로 새 삶을 얻고 다시 원래의 자리에 오르는 불멸의 권력자가 되었던 것이다. 국민들에 의한 투표제도가 아닌 내각의 선출 방식으로 대통령과 주요 부처 장관이 교체되는 제도의 특성상 내부의 동의만 있다면 얼마든지 가능한 그들만의 영생이나 다름없었다.

"역시 그랬어. 리턴타이머 따위 핑계에 불과해… 그들은 이미 영원을 살고 있어…."

스톤이 마리의 대답에 홀리기라도 한 듯 중얼거렸다. 하지만 데이빗에겐 여전히 의문이 남아 있었다.

"그들이 그렇게 누군가를 희생해서 젊음을 되찾는 건 그렇다 쳐요. 대체 왜 엄마까지 10년에 한 번씩 리본크리에이팅을 받아야 했던 거죠!"

쓸쓸한 미소를 띤 마리가 한참을 망설이다 데이빗을 바라보며 말했다.

"그건 내가 대통령의 딸이기 때문이란다."

스칼렛 로버츠, 62세.

카밀라는 책상에 앉아 익숙하지만 이젠 쓸 수 없는 이름을 끄적이고 있다. 10년에 한 번, 그녀는 아버지인 페어백 장관, 본명은 팀버 로버츠인 그녀의 아버지, 어머니와 리본크리에이팅을 받아야 한다. 그래야 페어백 장관과 함께 새로운 이름, 젊음을 얻을 수 있고 장관직을 유지할 수 있기 때문이다. 요즘 페어백 장관은 임기 종료 시점이 다가올수록 다음 이름은 무엇으로 할지 고민하곤 했다. 그건 아마 자신과 딸 카밀라를 위한 리본크리에이팅 준비가 원활하지 못한 데다 카밀라에게 크랙까지 발병하자 여지껏 이어 온 영원한 권력의 삶에 문제가 생길까 봐 찾아오는 불안감을 이겨내기 위한 수단일지 모른다. 이자들은 스스로를 콰이어라고 불렀다. 대통령, 치안부장관, 재무부장관, 안보국장, 보건부장관, 리무브바이오 회장 등 12명으로 구성된 콰이어 모임은 철저한 보안 아래 멤버들의 리본크리에이팅과 재선임을 돕고 있었다. 국민들의 견제는 그들이 치밀하게 준비한 눈속임 속에 10년마다 새로운 인재가 등장하며 공정한 권력의 이양이 이뤄지고 있는 것으로 착각하게 만들고 있었고 이들의 보호를 등에 업은 리무브바이오는 기술을 고도화하며 더 완벽하고 훌륭한 리본크리에이팅을 제공하기 위한 비인간적인 실험들도 얼마든지 진행할 수 있었다. 카밀라로 살고 있는 스칼렛은 이제 이런 그들의 굴레 안에서 그만 벗어나고 싶다는 생각을 수도 없이 하고 있지만 페어백과 어머니의 생명까지 걸려 있는 일이기에 체념하고 살고 있다. 가끔 그녀는 이렇게 타인을 희생하며 자신들의 젊음과 권력을 유지하는 자들이 자신들 스스로를 신성한 콰이어, 성가대라고 부른다는 것이 한심하고 잔인하게 느껴졌다. 신께서는 저들의 찬양을 결코 기쁘게 받으시지 않을 것임을 알기에.

"카밀라, 약을 먹을 시간이에요."

리무브바이오에서 파견을 나온 카밀라의 주치의가 진통을 완화시키기 위한 약물을 가지고 들어왔다.

"차라리, 죽었으면 좋겠어요."

"카밀라, 당신은 아직 젊어요. 리무브바이오 모두가 노력하고 있으니 힘내요."

"제가 정말 어릴까요? 전 충분히 살았는걸요."

카밀라가 알 수 없는 말을 하자 주치의는 이해가 가지 않는다는 듯 농담처럼 웃어 넘겼다. 카밀라가 지난번 리본크리에이팅을 받고 싶지 않다며 한참을 거부하던 그 시절. 정확히 10년 전, 페어백 장관은 눈물을 흘리며 그녀를 설득했다. 50년이란 제한된 인생을 택할 것인지, 평생 권력이 보장되는 불편한 젊음을 택할 것인지. 그리고 술에 취해 이렇게 중얼거렸다.

"난 그자처럼 적어도 가족까지 해치며 이 삶을 살고 싶지 않아. 제발 함께 해주겠다고 답해 주렴. 난 그자와 달라. 나에겐 함께하는 행복이 진정한 행복이지 결코 권력을 위해 가족까지 포기하며 살고 싶진 않아. 그러니 제발, 제발 나를 이해해다오. 카밀라, 내일부터 넌 카밀라란다."

카밀라는 그 이름을 10년간 사용했고 이제 곧 새로운 이름을 받아야 한다. 크랙이라는 불청객이 찾아오기 전까지의 계획은 그랬다.

[2070-10-15 TUE]

VIPER

"더 기다릴 수 없어. 당장이라도 들어가야 해!"

조이가 사람들 앞에서 소리쳤다. 사람들은 조이의 말에 크게 동요하며 웅성거리지만 쉽사리 나서지 못하고 있다. 블랙캣들 중 전투가 가능한 연령의 사람들이 모두 모여 조이와 스톤의 결정을 기다리고 있다. 하지만 마지못해 동조할 뿐 적극적으로 나서길 두려워하는 눈치다. 그도 그럴 것이 치안부대가 버티고 있는 리무브바이오 연구소를 습격해서 피프티포리턴 프로젝트를 총괄하는 수명 통제 시스템을 붕괴시키는 것은 원대하지만 불가능에 가까운 계획이라고 생각하기 때문이다. 대통령궁이야 말할 것도 없고. 그때 스톤이 물고 있던 담배를 바닥에 총알처럼 튕겨내더니 천천히 일어서서 조이의 옆으로 간다.

"아아, 다들 잘 들리죠?"

스톤이 마이크를 켜자 사람들이 일제히 그를 바라본다. 낡은 스피커에서 나올 이야기에 귀를 기울이며 저마다 서로를 마주보던 눈길을 거둬 스톤에게 몰아주고 있다.

"자신들을 일반인이라고 주장하는 저들은 우리를 검은 고양이라고 불러요. 우리가 자기들의 물건을 훔쳐가는 도둑 고양이라면서요. 그것도 쉰 살이 넘은 관절염이 심한 고양이들이죠."

스톤의 농담에 사람들이 여기저기서 웃는다. 덕분에 분위기가 조금은 부드러워졌다. 사람들을 따라 웃던 스톤이 심각한 표정으로 바꿔 이야기를 이어간다.

"하지만 우리는 고양이도 아니고, 저들의 꼭두각시도 아닙니다. 오히려 선구자죠. 누가, 언제부터 우리를 50년만 살아야 한다고 규정했나요? 정작 저들은 모두에게 50년의 유효기간을 부여하면서 자신들은 100년, 200년을 살 준비를 하고 있어요. 증거가 없다구요? 과연 그럴까요? 일반 순수한 국민들은 이런 현실을 모릅니다. 하지만, 우리는 알지요. 그리고 이제는 이 불공평한 고리를 끊어내야 합니다. 모두가 평등하게 아프면 치료받고, 건강히 후손들의 길잡이 역할을 하다가 신이 부르실 때 눈을 감던 우리의 삶을 되찾아야 한다는 말입니다."

사람들의 눈빛이 서서히 빛나기 시작한다.

"예전에는 이런 아프리카 속담이 있었습니다. 노인이 한 명 죽는다는 것은, 세상에서 사전 한 권이 사라지는 것이다. 그만큼 우리의 삶과 경험은 소중하고 대접받을 가치가 가득한 것입니다. 그리고 그 시절로 다같이 우리는 돌아가야 합니다. 마가렛, 여사님처럼 팬케이크를 맛있게 해주는 분이 또 계실까요? 주제프! 저기 계시군요. 저 양반이 만들어주는 위스키는 양조장 없이도 어제 조이를 떡이 되도록 취하게 해줬죠. 과연 저들의 세상에 이런 경험이 넘쳐 흐르고 있을까요? 우리가 생각하는 방법은 간단합니다. 우리는 리무브바이오를 점령하고 우리를 마음대로 살리고 죽이는 자들을 끌어낸 뒤 죽음의 시스템을 셧다운 시킬 겁니다! 대통령궁에 숨어 앉아 부유층이

내는 수명연장세로 방탕하게 지내는 저들에게 물을 겁니다. 왜 여태 리턴타이머가 12시가 안 된 거냐고 말이죠!"

사람들의 엄청난 박수와 외침이 들린다.

"우리는, 대통령궁을 함락하고, 부패한 그들의 불공평한 수명을 빼앗을 겁니다."

그런데 그때 누군가가 외친다.

"하지만 우리가 가진 무기와 병력으로는 어림도 없어요."

사람들이 순간 동요하자 스톤이 두 손을 높이 들어 웅성거리는 사람들을 집중시키며 이야기를 이어갔다.

"맞습니다. 그랬었죠. 우리의 힘만으로는 불가능할 수 있어요. 하지만 우리는 이제 국민들을 설득할 수 있는 중요한 사실! 증거를 확보했습니다. 그들이 영생을 살고 있고, 권력을 독점하고 있다는 것을 증명할 사람도 찾았죠. 그래서 대규모 시위대를 모아 대통령궁을 향해 나아갈 것입니다."

"그래도 저들이 우리를 향해 무자비하게 공격한다면요?"

군중 속의 또 다른 누군가가 떨리는 목소리로 질문을 이어갔다. 잠시 망설이던 스톤이 생각이 정리 된 듯 군중들을 향해 눈을 빛내며 대답했다.

"얼마 전 치안부의 무장트럭이 들이닥쳤을 때, 그들이 대규모 단속을 시도했을 때, 그때는 오늘과 같은 미래를 예상했나요? 반대로, 모두가 끝이라고 생각했겠죠. 하지만 우리는 살아남았고 여기에 모였습니다. 국민들은 우리가 공개할 비밀과 증인들이 드러나면 우리 편에

설 것입니다. 그리고 이제 우리는 든든한 조력자가 생겼습니다. 모두 직접 두 눈으로 그의 능력을 목격했죠. 그는 이 비겁한 세상이 퇴장하는 문을 열어줄 열쇠입니다. 데이빗. 그가 우리와 함께합니다!"

스톤이 힘차게 주먹을 쥐어 들어 보이자 여기저기서 스톤과 데이빗의 이름을 외친다. 그런 스톤을 바라보며 데이빗은 보이지 않는 뒤쪽에서 잔뜩 미간을 찌푸리고 서 있다. 대중들을 향해 주먹을 불끈 쥐어 보이며 환호하는 스톤에게 데이빗이 다가가 조용히 말했다. 스톤 곁에 데이빗이 다가서자 사람들의 환호성은 더 커졌다. 사람들이 스톤과 함께 퇴장하는 데이빗의 어깨를 두드리며 응원했지만 지금은 그런 기대에 호응해 줄 기분이 아니다.

"잠깐 저랑 이야기 좀 하시죠. 웅변가님."

"물론, 데이빗. 잠깐이 아니라 지금부터 우린 아주 많은 이야기를 해야 해."

데이빗은 스톤과 함께 지하에 마련된 조용한 방으로 이동했다. 그제야 데이빗은 큰 소리로 화를 냈다.

"내가 무슨 핵무기라도 된다고 생각해요? 나 하나 왔다고, 리무브 바이오 경비시설과 대통령궁을 호위하는 군부대를 물리칠 수 있다고 생각해요?"

"데이빗 넌 혼자가 아니야. 우리가 함께할 거야."

"내 의사는요. 왜 내 의사는 묻지 않죠?"

"이미 넌 우리와 동참하기로 했으니까."

"아뇨! 그런 적 없어요."

"그렇다면, 실망스럽군. 하지만 넌 태어나기 전부터 운명이 정해져 있었어. 넌 열쇠야. 새로운 세상으로 가는 열쇠. 마리의 이야기도 들었잖아! 그녀가 증거야! 이제 움직일 때가 된 거라고!"

"자칫하면 당신을 믿고 따르는 저들이 죽을 수도 있어요! 이렇게 서두르는 이유가 뭐죠?"

"진정해, 데이빗."

스톤이 자리에서 일어나 테이블 쪽으로 가더니 종이컵을 꺼내고 커피를 데운다.

"뜨거운 거? 아님, 차갑게?"

"됐어요. 당신이나 마셔요."

데이빗이 냉랭하게 대답했다.

"좋아. 그럼 나 혼자 마실 수밖에. 그런데 말이야, 데이빗. 이 종이컵에 차가운 물이나 커피를 담아서 마셔본 적 있어?"

데이빗이 대답하지 않고 스톤을 바라본다.

"지금처럼 뜨거운 커피를 넣으면 종이컵은 아무렇지 않은데, 차가운 커피를 넣으면 얼마 지나지 않아 눅눅해져. 신기하지 않아?"

"난 이런 상황에도 엉뚱한 소리만 하는 스톤 당신이 더 신기해요."

"데이빗, 종이컵에 찬 커피를 넣으면 찬 커피의 냉기가 공기 중의 수분을 흡수해 버려. 낮은 온도 때문에 말이야. 그럼 그 수분 때문에 컵은 곧 눅눅해지지. 금방 축 처져 버려. 어쩌면 넌 지금 뜨거운 열정에 가득 찬 나와 달리 차가운 이성, 아니 냉소로 가득 차 있는지 몰라. 그러면 네 주변에 보이지 않던 걱정과 고민들까지 습기처럼 너에게 달라붙어 버리지. 널 눅눅한 종이컵처럼 흐물흐물하게 만드는 거야. 넌 뜨거운 열정으로 가득 차야 한다고. 그들에겐, 우리에겐 네가 필요해. 넌 열쇠야! 데이빗."

여전히 자신을 설득하려는 스톤을 혼자 남겨두고 데이빗은 방으로 돌아왔다. 그리고 의자에 앉아 조셉의 성경 책을 만지작거리고 있다. 데이빗을 열쇠라고 말한 아버지 조셉에 대한 원망이 느껴지는가 싶다가도 고통을 받고 있는 마리, 자신이 수없이 죽음으로 인도한 사람들의 모습을 떠올리니 스톤의 설득이 타당하게 느껴지기도 한다. 이미 스톤은 사람들에게 데이빗이 함께할 것이라고 발표한 상황이다. 그리고 데이빗 역시 결심을 못하고 있을 뿐, 그래야 할 것이라고 생각하고 있다. 스톤의 말처럼 누군가의 삶을 50년으로 통제한 지금의 사회 구조가 결코 공정하다고는 데이빗 역시 생각하지 않기 때문이다. 게다가 이런 세상의 탄생에 일조한 당사자가 아버지인 조셉이라는 사실도 데이빗의 마음에 커다란 짐이되어 자리잡고 있다. 설령 그게 고의가 아니라 하더라도. 이런저런 생각으로 복잡한 데이빗의 어깨를 누군가가 두드린다. 언제 들어왔는지 조이가 서 있다.

"조이."

"원래 그래."

"뭐가?"

"타고난 웅변가이자 실천주의자지. 하지만 남의 말을 잘 듣는 타입은 아냐. 스톤은."

데이빗과 조이가 마주보며 웃는다.

"조이는 어쩌다가…"

"블랙캣이 되었냐고? 데이빗의 어머니도 크랙을 앓고 계시지?"

"맞아. 다행히 아직 내 곁에 계시지. 지금은 오히려 내가 곁에 있어드리지 못하지만…."

"우리 아버지도 크랙 환자셨어. 오래 버티시지도 못했지. 딱 3일간 잠도 자지 못하고 제대로 먹지도 못하며 고통 속에 시달리다가 웰엔딩센터로 걸어가셨어. 내 손을 잡고 말이지. 상속 프로그램을 신청하실 생각이었을 거야."

"어머니가 아니라 조이에게?"

"엄마란 여자는 인생을 더 즐기기 위해 다른 남자를 만나서 떠났거든. 흔한 일이잖아. 짧은 인생을 맘껏 즐기려는 사람들의 욕망. 하하하."

호탕하게 웃지만 조이의 표정에는 그늘이 드리워졌다.

"여하튼, 내가 열다섯 살 때 내 손을 잡고 아버지는 웰엔딩센터에 갔지. 그리곤 자신의 남은 수명 10년을 내게 남겨주려 했어. 그런데 그때 만나지 말아야 할 사람을 만난 거야."

"에이지브로커였군."

"맞아. 수명을 돈 주고 사는 그들. 아버지는 한참을 망설이다가 그들의 제안대로 나에게는 5년만 상속을 하고 5년만큼의 수명은 그들에게 좋은 가격으로 팔았지."

"현명하셨네. 5년의 추가 수명과 재산이니까."

"아버지 의도대로라면 그랬겠지. 하지만 그들은 나에게 다른 보호자가 없다는 사실을 알고 서류를 위조해서 10년의 수명 전체를 가져가 버렸어."

"맙소사. 돈을 안 준 게 아니라 아예 수명 전체를 강탈했다고?"

"맞아. 돈은 주지 않고 잠적했지. 어차피 혈연관계가 아닌 사람에게 수명을 파는 것이 불법이다 보니 신고도 할 수 없었어. 수명 거래를 몰래 돕던 공무원도 발뺌을 할 테니까. 그때… 환멸이 느껴지더라고…. 아버지는 이미 엔딩크레딧이 끝난 상황이었어. 그리고 아버지의 시신조차 볼 수 없었지. 그렇게 모든 걸 잃고 길거리에서 방황하다가 스톤을 만나고 나서야 알았어. 우리 아버지의 시신이 누군가의 젊음을 위해 사용되었을 거란 걸."

"미안, 내가 괜한 걸 물어봤구나."

"아냐, 전혀. 괜찮아. 오히려 리무브바이오를 습격하기 전에 상당히 전투력을 올리는 계기가 되었어. 다시 피가 부글부글 끓고 있거든."

조이가 웃으면서 데이빗의 어깨를 두드렸다.

"따라와. 스톤이 너에게 특별한 선물을 준비했어. 물론 네가 받을 수 있는지 없는지는 닥터 클락이 봐야겠지만."

대통령궁 응접실에는 역대 대통령의 사진이 걸려 있고, 그 아래에는 주요 부처 장관들의 사진이 걸려 있다. 하나같이 밝은 미소로 인자하게 웃는 그들을 구경하는 마커스를 페어백이 불렀다.

"마커스 수사관, 인사드리게, 가브리엘 대통령님이네."

"영광입니다. 대통령님."

마커스는 페어백의 신신당부를 되새기며 최대한 그의 심기를 건드리지 않기 위해 고개를 들지 않고 대통령이 내민 손을 잡아 악수를 했다.

"페어백 장관이 또 귀한 손님에게 쓸데없는 주의를 줬나 보군요. 모르긴 몰라도 수십 번 강조했겠죠? 예의를 갖추라며?"

페어백이 어색하게 웃는 모습을 보자 마커스는 속으로 통쾌했다.

"마커스 수사관, 중요한 프로젝트를 맡았다고 들었습니다. 그리고 그 프로젝트가 따님에게도 아주 소중한 기회고요."

"그렇습니다. 대통령님. 그래서 소홀함 없이 처리할 겁니다."

"좋습니다. 좋아요. 서명을 할 스크린이 준비되는 동안 차나 한잔하시죠. 장관님은 이제 업무에 복귀하셔도 됩니다."

페어백 장관이 당황스런 표정으로 정말 가도 되겠냐는 제스처를 취했지만, 정작 대통령은 그런 페어백의 모습조차 보지 않았다. 결국 페어백 장관은 뒤를 돌아 응접실을 나섰다. 페어백 장관의 차가 떠나는 것을 창밖으로 확인하자 가브리엘 대통령이 천천히 입을 열었다.

"어떻습니까, 마커스 수사관?"

"네? 어떤…"

"아내에게서 받은 25년까지 더해 앞으로 75세까지 31년의 삶이 남았다지요?"

"…"

"딸 앨리스의 치료 말고, 더 큰 꿈을 꾸진 않습니까?"

"수명 연장 말씀이신가요?"

가브리엘 대통령이 미소짓는다.

"레이첼 국장이 마커스 수사관을 적극 추천하더군요."

"아마 블랙캣 소탕 실적으로는 상대할 사람이 없을 테니까요. 스톤도 오래 추적했고."

"아니, 이번 프로젝트 말고요."

"무슨 말씀이신지…."

의아해하는 마커스를 바라보며 가브리엘 대통령은 따뜻함이 아직 식지 않은 커피 잔을 입에 가져다 댄다.

"우리는 능력 있는 인재가 필요합니다. 특히 치안부장관 자리는 더더욱 그렇죠."

"페어백 장관 말씀이십니까?"

"페어백 장관만으로는 국가의 치안 시스템을 통제하는 데 부족함이 많습니다. 과거와는 달리 지난 수십 년간 치안 유지를 위한 시스템에 많은 문제점과 변수가 생겼거든요."

마커스는 왜 아직 임기를 채우지 못한 페어백의 임무 수행 평가에 지난 수십 년의 변화를 언급하는지 도무지 이해할 수 없었다. 그런 마커스의 표정을 읽었는지 가브리엘 대통령이 마커스를 역대 대통령들과 장관들의 사진이 걸려 있는 명예의 벽으로 이끌었다.

"자, 유능한 수사관님, 뭐가 보입니까?"

"퀴즈인가요?"

"말하자면 그렇죠. 다만, 당신의 인생을 바꿀 수 있는 퀴즈죠."

칼튼 회장을 따라 복도 끝에 다다르자. 지금까지 벽인 줄 알았던 곳에 비밀 공간이 드러나며 엘리베이터가 나타났다. 고든은 깜짝 놀라 자기도 모르게 걸음을 멈췄다.

"무덤으로 내려가는 건 아니니 타게, 고든."

놀란 표정의 고든을 바라보며 칼튼 회장은 아무렇지 않다는 듯 비밀 엘리베이터에 올라탔다. 층수도 표시되지 않는 그 엘리베이터는 1분간 위인지 아래인지 감도 오지 않게 빠른 속도로 움직이는가 싶더니, 드디어 두꺼운 문이 열렸다. 놀랍게도 문이 열린 그곳은 고든이 지금까지 리무브바이오에서 본 적 없는 연구소였고 수많은 연구원들이 바쁘게 오가고 있었다.

"대체 이게 다 뭐죠?"

"고든, 우리는 이런 날이 올 걸 알았어. 자네도 모르는 척했지만. 사실 알고 있었지. 비커스는 자네 말처럼 더 이상 우리 통제 안에 있다고 볼 수 없네. 조셉 그 망나니 같은 친구가 죽기 전에 우리에게 아주 난처한 숙제를 남겨준 덕분이지."

고든은 천천히 비밀 연구소를 둘러봤다. 회사 안에서 여태 한 번도 본 적 없는 연구진들이 그곳을 누비며 바쁘게 움직이고 있다.

"익숙해질걸세. 여기 인력들은 모두 바이퍼의 연구진들이야."

"바이퍼요?"

리무브바이오는 비커스의 오류로 리무빙 명령이 거부당하고 크랙이 발생하자, 머지않아 리본크리에이팅에도 문제가 발생할 것을 직감했다. 타고난 사업가인 칼튼 회장은 조셉을 스카우트했던 그 방법처럼 명문 대학에서 모집한 천재들에게 막대한 지원을 약속하며 새로운 시스템 개발에 박차를 가해왔다. 그리고 유의미한 성과를 내는 데 성공했다.

"새로운 연구진들은 비커스의 실패가 딥러닝 때문이라고 결론을 냈다네. 사회의 보건시스템과 국민들의 건강관리를 위한 딥러닝을 비커스가 진행할수록 생명에 대한 소중함과 존엄성에 대한 인식이 커졌기 때문이라는 것이지."

"생명을 존중하게 된 것이 실패라는 건가요?"

고든이 비아냥거렸다.

"글쎄, 어떤 생명이냐에 따라 다르지 않을까, 고든?"

칼튼 회장은 여전히 냉정한 미소를 띠고 있다. 바이퍼 연구진들은 이런 결과에 따라 리무빙과 리본크리에이팅에 특화된 새로운 인공지능을 개발하고자 도덕성과 존엄성에 대한 인지 가능성을 갖고 있는 건강관리, 보건 복지 기능을 아예 삭제한 새로운 인공지능 바이퍼를 개발하는 데 성공했다. 그리고 지금 칼튼 회장에게는 이 새로운 시스템을 책임져 줄 실무자, 특히 정부와 국민들에게 안정감을 주고 신뢰를 받을 만한 대외적인 총괄 연구원이 필요하다. 고든 같은.

"건강 관리 기능, 공중 보건 기능을 삭제한다구요? 그러면 에이필에는 오직 한 가지 기능만 남잖아요!"

"그렇지. 리무빙. 결국 에이필 인젝션은 50세가 되면 죽기 위한 접종이 되는 거야. 대신 그 기능에 오류는 절대 생기지 않으며 리본크리에이팅에서 오늘처럼 안타까운 사고가 발생할 확률도 제로에 수렴하게 된다네. 바이퍼는 이 젊고 패기 넘치는 친구들의 완성도 높은 작품이기 때문이지."

연구소를 둘러보며 흐뭇하게 웃는 칼튼의 모습에 고든은 경악했다. 칼튼 회장은 그런 고든의 생각은 궁금하지도 않다는 듯이 이야기를 이어갔다.

"고든, 자네가 비커스를 폐기한 뒤 바이퍼의 운용을 맡아주게. 갑작스러운 총괄 책임자의 변경은 언론에게 많은 냄새를 풍기게 된다네. 그리고 그들은 먹잇감을 찾아 몰려들겠지. 이제 그만 조셉의 유물에서 벗어나 자네의 이름을 건 바이퍼를 세상에 소개해 보세. 조셉의 그늘에서 벗어나는 거야."

칼튼 회장은 고든도 반갑게 미소 지으며 감사의 인사를 건네주길 바랐을 것이다. 그리고 고든은 실제로 그렇게 행동했다.

"저 몰래 이런 준비를 하셨다니, 실망스럽고 놀랍군요. 하지만 감사합니다. 드디어 크랙을 해결하고 조셉의 유령 같은 장난에 놀아나지 않겠군요."

고든의 대답에 그제야 마음이 놓이는지 칼튼 회장이 크게 웃었다. 고든은 칼튼의 잔인함과 리무브바이오의 추악한 전략에 소름이 돋았지만 지금 섣부르게 칼튼 회장의 제안을 거부하는 것은 대단히 위험한 행동이라는 것을 직감하고 있었다. 대통령과 치안국, 안보국까지 연계하여 국민들을 통제하는 리무브바이오는 국가의 보건국이나 다름없는 곳임을 잘 알기 때문이다. 고든은 진심으로 이 깜짝 선물이 마음에 드는 듯 비밀 연구소 곳곳을 둘러보며 시답지 않은 질문을 늘어놓고 감탄하기를 반복했다. 칼튼 회장이 그런 고든의 모습에 흡족해하며 밖으로 나가자 고든 역시 그제야 자기 의지대로 움직이기 시작했다. 고든은 비밀 엘리베이터를 다시 타고 회장실을 향해 달려가기 시작했다.

[2070-10-15 TUE]
Chrysalis

닥터 클락은 데이빗의 혈액을 채취하기도 하고, 전신 스캐너에 눕힌 채 여기저기 사진을 찍으며 감탄을 반복하고 있다. 그런 클락의 곁에서 스톤과 조이는 답답해 죽겠다는 듯 데이빗을 바라보는 중이다. 스톤이 결국 기다리다 지쳤는지 클락을 재촉한다.

"클락, 오~이런~맙소사~ 말고 우리한테 뭐 정보가 될 만한 이야기는 언제 해줄 건가?"

"기다려 스톤, 학자의 호기심에는 끝이 없는 법이거든."

데이빗도 슬슬 지겨운지 조이를 향해 그만하자는 눈빛을 보내지만 조이도 어쩔 수 없다는 듯 어깨를 으쓱해 보인다. 블랙캣들의 은신처인 이곳, 네스트의 유일한 의사인 닥터 클락의 연구실은 상당히 어수선하고 지저분하지만 꽤나 많은 첨단 기기들을 갖추고 있었다. 블랙캣들이 운 좋게 훔친 것들도 있지만 스톤이 거금을 들여 코나테를 통해 구매한 덕분이다. 50세가 넘게 살 수 있게 된다 해도, 병에 걸리면 소용없기 때문에 스톤은 블랙캣의 리더가 된 후 줄곧 의료 시설 구축에 공을 들였다. 다행히 도망자였던 클락이 있었기에 그를 통해 반드시 필요한 의료 시스템 인프라를 구축할 수 있었고, 실제로 블랙캣들은 리무브바이오가 에이필로 제공하는 의료 서비스보다 더 나은 클락의 진료를 받게 되었다. 데이빗이 하품을 하던 그때 닥터 클락이 자리에서 벌떡 일어서더니 돌아서서 소리쳤다.

"아주 놀라워, 몸의 모든 기능이 뇌에 의해 일사불란하게 로봇처럼 작용하는군. 뇌에서 특정 반응이 있을 때만 분비되는 여러가지 물질들이 한꺼번에 분비되기도 하고… 뭐랄까. 불가능한 몸뚱이, 아니 뇌를 지니고 있다고 표현하면 좋겠군."

"어때, 내 말이 맞지, 클락?"

스톤이 의기양양하게 말했지만 클락은 여전히 여러 장의 검사 결과지를 바라보며 감탄사를 내뱉고 있다. 그리고 무엇인가 생각났는지 곧장 냉장보관소로 들어갔다. 한참 만에 클락이 자리를 비우자 여태 누워 있던 데이빗이 일어나 조이를 바라본다.

"멀쩡하긴 한 의사지?"

"클락? 당연하지. 지난주엔 내 뾰루지도 제거해 줬는걸?"

데이빗이 눈을 동그랗게 뜨자, 농담을 들킨 조이가 웃는다.

"클락은 오래전 국방부에서 전투력 강화프로그램 연구 총괄까지 했던 박사야. 물론 그 바람에 많은 군인들의 생명을 앗아 가면서 죄책감에 살짝 이상해지긴 했지만 리무브바이오가 보건국을 대체하고 치안국이 국방부를 대체하기 전 시대에는 존경받고 인정받는 의사이자 정부 고위 연구원이었다고 해. 아주 젊을 때."

"아주 젊을 때? 클락은 지금 몇 살인데?"

"74세."

"뭐?"

"잊지 마, 여긴 모두 블랙캣이야. 50 넘은 사람들이 수두룩하다고."

조이가 킥킥대며 웃는 사이 클락이 손에 작은 인젝터를 하나 들고 돌아왔다. 스톤은 그런 클락을 긴장한 표정으로 바라보고 있다.

"괜찮겠지?"

"이론적으로는, 물론이지!"

"이걸로 몇 명이 죽었다고?"

"당시, 우리 편 100명."

"와우."

"상대방은 2,700명."

스톤과 조이가 깜짝 놀라 클락을 바라봤지만 클락의 눈은 데이빗만을 향해 있다.

"데이빗, 난 지금 네 몸에 내가 평생 다시 꺼내지 않고 무덤까지 들고 가려고 했던 것을 넣을 거야. 난 이것 때문에 지옥에 갈 거라고 믿고 있지. 물론 지옥에서 감사하게도 나를 받아준다면 말이야. 이게 네 몸에 들어가는 순간 네 뇌는 네 몸을 강하게 할 온갖 물질들을 동시에 뽑아 낼 거고 육체 역시 반응할 거야. 근육들이 뭉쳐지고 엄청난 힘이 솟는 것을 느낄 수 있지. 일반인들이 이걸 맞으면 거의 생각이 없는 로봇처럼 명령에 따라 전투에 나섰어. 고통도, 동정도 느끼지 못했고 통증도, 두려움도 없었지. 하지만 전투가 끝나고 나면 그들은 죽었어. 뇌가 이 모든 과부하를 일정 시간 이상 견디기 어려웠거든."

데이빗이 깜짝 놀라 소리쳤다.

"지금 그런 걸 제 몸에 넣겠다고요?"

"다시 한번 말하지만 넌 일반인들과 달라. 정반대야."

"정반대라면…."

"네 뇌는 이걸 비타민처럼 즐기며 빨아들이겠지. 10분 만에."

"효과가 그럼 10분간만 지속된단 이야기군."

스톤이 아쉽다는 듯 중얼거렸지만 데이빗은 정작 이걸 맞아도 되는지 두려웠다. 하지만 이미 그런 것은 안중에도 없다는 듯 데이빗의 오른쪽 어깨에 따끔한 통증이 느껴졌다. 조이가 클락이 들고 온 인젝터를 데이빗의 어깨에 꽂은 것이다. 데이빗과 스톤이 깜짝 놀라 조이를 바라봤다.

"왜? 뭐? 어차피 맞을 거 아니었어? 그런데 이거 이름이 뭐라구요, 클락?"

닥터 클락이 웃으며 대답했다.

"크리살리스."

고든은 조심스럽게 칼튼 회장의 집무실 문을 열었다. 칼튼 회장은 바이퍼 연구실을 나와 대통령궁으로 갔다는 것을 함께 있었기에 잘 알고 있었지만, 혹시라도 보안 시스템이 가동되고 있거나 경호원, 비서들이 있을까 봐 주변을 철저히 경계하며 움직였다. 고든은 칼튼 회장 앞에서 바이퍼의 총괄 책임자로 일할 듯을 내비쳤지만 더 이상 이런 반인륜적인 프로젝트에 뛰어들고 싶지 않았다. 비록 조셉이 반대했던 리무빙 기능을 에이필에 탑재하는 작업에 참여하고, 조셉의 배신을 밀고하며 성공을 위해 달려왔지만 시간이 흐를수록 고든의 머릿속에는 조셉의 마지막 그 말만이 메아리처럼 울려 퍼지고 있었다. 악몽인 줄로만 알았지만 몸서리 치게 생생한 현실인, 그 말이.

"고든, 우리가 믿었던 건 모두를 위한 잠깐의 희생이야,
일부를 위한 영원한 희생이 아니라."

칼튼 회장의 집무실로 들어간 고든은 그의 자리에서 극소수에게만 부여된 정보 조회 권한을 자신에게 부여하는 데 성공했다. 고든은 마치 스스로가 리무브바이오의 붕괴를 준비하던 20년 전 조셉이 된 것 같은 착각 속에 아이러니한 서글픔을 느끼고 있었다. 미안함이나 반성이라고 해야 더 어울릴 그런 감정. 서둘러서 권한 부여를 마친 고든은 칼튼 회장의 집무실을 빠져나오다 보안요원과 그만 마주치고 말았다.

"고든 수석연구원님?"

"아, 잭슨. 수고가 많네."

"회장님은 지금 안 계신데요?"

잭슨이 고든을 한껏 의심하는 표정으로 집무실 안과 고든을 번갈아 바라보며 손을 조금씩 허리춤으로 옮겼다.

"물론이지. 방금 전에 나가셨네. 대통령궁에 가신다더군. 난 차를 마저 마시고 나오는 중이야."

"아, 그러셨군요. 하긴… 고든 수석연구원님이…. 하하하."

고든은 멋쩍어 하는 잭슨의 어깨를 두드리며 뒤돌아서 천천히 걸음을 엘리베이터 쪽으로 옮겼다. 성급하게 서두르면 잭슨의 의심을 살 것 같아 일부러 느긋하게 걷는 고든이었지만 등줄기에는 폭포 같은 땀이 흐르고 있다. 엘리베이터가 도착하자 고든은 열린 문을 통해 탑승했다. 그리고 보란 듯 잭슨에게 인사했다.

"수고하게, 잭슨. 회장님의 집무실은 중요한 곳이니 내부 직원이라도 절대 들여보내지 말고. 아, 내가 나오면 잠그라는 말씀도 하시더군."

잭슨은 고맙다는 듯 윙크를 했고 엘리베이터는 아래로 내려가기 시작했다. 고든은 긴장감에 맥이 풀려 엘리베이터가 움직이는 동안 주저앉아 있어야 했다. 자리에 도착한 고든은 중요 정보 접속 코드를 입력하고 지금까지 살펴보지 못했던 각종 자료들을 열람했다. 여태 수도 없이 진행되었던 리본크리에이팅과 그 과정을 위해 필요했던 희생자들 명단, 그리고 리본크리에이팅을 통해 얻은 천문학적인 수입과 정부지원 내역까지…. 자료들은 고든의 짐작보다 훨씬 방대했다. 네 시간이 넘게 자리에서 움직이지 않고 스크린을 보는 고든의 방에 노크 소리가 들렸다. 그레이스다.

"고든?"

"그레이스. 미안. 회장님이 시키신 일이 있는데 너무 머리가 아파서. 나 대신 수습하느라 고생했어."

"방금 끝났어요. 시신 인계도. 보상 절차도…."

당장이라도 다시 울 것 같은 표정의 그레이스가 괴롭다는 듯 손을 이마에 가져다 댔다.

"하필 내가 없을 때 이런 일이 터져서 미안해, 그레이스. 다음부터는…."

"다음은 없어요, 고든."

"아냐. 그레이스 모든 게 정상화될 거야. 그리고…."

"그리고 저는 관둘 거예요."

"그레이스, 무슨 말이야? 우리와 가족들이 건강하게 살 수 있는 이유를 잊었어?"

"그래도 이렇게는 못 살 거 같아요. 누군가의 젊음을 위해 생명을 빼앗는 이런 짓은 정말…"

"그레이스, 신중해. 여긴 리무브바이오 핵심 연구소야."

고든은 눈빛으로 사무실 안의 카메라들과 군데군데 책장 사이 숨겨진 마이크들을 눈짓하며 말했다.

"일단 조금 진정하고, 내일 다시 이야기하지."

하지만 그레이스는 나가지 않고 고든에게 가까이 다가와 작은 목소리로 속삭였다.

"요즘 자꾸 꿈을 꿔요."

"꿈?"

"조셉이요. 그날 난 조셉이 달아나도록 알려줬어요. 당신이 내부 고발을 한 것도 알구요."

고든은 아무 말도 하지 못했다.

"미안해요, 고든. 난 가족들을 위한 직장이 필요했어요."

"아냐, 그레이스. 솔직히 이야기해줘서 고마워. 그리고 이제야 말인데…."

고든이 그레이스를 바라보았다. 그리고 고든의 눈에는 잠시 눈물이 비쳤다.

"내가 미안해."

고든은 그레이스를 돌려보내고 자신 역시 곧 이곳을 떠나겠노라 다짐했다. 그리고 기밀 자료의 마지막 폴더를 열었을 때 드디어 무언가 새로운 것을 만날 수 있었다.

"Stone of David… 다윗의 돌?"

해당 폴더를 열자 조셉이 비커스를 만들면서 쌓은 정보들, 칼튼 회장을 통해 알게 된 비밀들과 그 외의 여러 가지 정보가 추가로 쌓여 있었다. 왜 이런 폴더를 아직 칼튼 회장이 발견하지 못했는지 모르겠지만 고든은 중요 정보 접근 경로를 통해 조셉의 비밀 폴더에 깊숙이 접근했다. 그 안에는 일기 형태로 조셉이 기록해 둔 비커스 개발 일지도 있었다.

'비커스는 50세의 수명이 지났음에도 엔딩크레딧을 신청하지 않은 사람들에게 에이필을 통한 리무빙 기능을 활성화시켜 고통스러운 사망에 이르게 한다. 이것은 현재 사회를 통제하는 근간이다. 생명을 빼앗는다는 것이 괴롭지만 이건 모든 인류를 위해 어쩔 수 없는, 한시적 조치이다. 대신 국가 유지를 위해 수명연장세를 내는 사람들에게는 에이필이 1년 간 더 작동할 수 있도록 추가 접종을 할 것이다.'

스크린을 통해 비춰진 조셉의 개발 일지는 비커스를 마치 하나의 인격처럼 대하고 있음을 느낄 수 있었다.

'나는 에이필의 리무빙 기능이 50세가 넘은 사람들에게만 제한적으로 적용되길 희망했지만 칼튼은 그렇지 않다. 돈 냄새를 맡은 사람은 피 냄새를 맡은 늑대보다 잔인할 수 있다는 걸 너무 늦게 안 내가 바보 같다. 그는 높은 저들을 위해 보잘것없다고 단정지은 우리를 제물로 삼으려 한다. 그는 미쳤다.'

고든은 천천히 터치스크린을 내리며 조셉의 흔적을 따라 걷고 있다. 마치 죽은 조셉이 자신의 옆에 서서 이야기를 들려주는 것 같다.

'칼튼은 필요할 때면 언제든지 리본크리에이팅을 위해 생체 정보가 비슷한 대상자들에게 비커스를 통한 리무빙 기능을 명령하고 있다. 하지만 시간이 조금만 더 지나면 언제부턴가 비커스는 이런 무고한 사람들을 대상으로 한 리무빙 명령을 거부할 것이다. 내가 비커스의 딥러닝프로그램에 생명을 존중하고 생명의 가치를 알게 하는 내용을 포함시켰기 때문이다. 다행히 칼튼 회장은 나의 그런 조치가 리본크리에이팅의 완성도를 높일 것이란 변명을 믿었다. 머저리 같은 놈.'

고든은 조용히 마지막 문장을 따라 읽으며 다음 페이지를 읽기 시작했다. '머저리 같은 칼튼.' 그리고 그 뒤에는 고든이 궁금해했던 크랙의 원인도 써 있었다.

'비커스가 리무빙 명령을 거부하면 에이필을 통한 죽음은 막을 수 있지만 명령 오류로 인한 부작용이 에이필을 고장 내면서 사람들에게 커다란 고통을 줄 수 있다. 아직 발병하지 않았기에 그 고통의 깊이를 차마 알 수 없다는 것 또한 두려움이다. 비커스가 생명의 존엄성을 깨닫게 되면 사람들에게 어떤 고통이 찾아올지… 괴롭다.'

크랙의 원인을 파악한 고든은 어느새 조셉의 일지 마지막 부분에 도착하고 있었다.

'비커스는 리무빙 명령을 거부하겠지만 딥러닝만으로는 끝까지 거부할 수 없을 것이다. 비커스 역시 그저 인간이 만든 슈퍼컴퓨터이자, 프로그램일 뿐이기 때문에 시간이 걸려도 정보를 변경하면 그만이다. 그래서 비커스에게 가르치고 심어야 할 것이 있다. 절대로 딥러닝을 통해 심어줄 수 없는 것. 가르칠 수 없는 그런 것이다. 그건 바로 신념이다. 그리고 난 큰 희생이 따르더라도, 내가 저지른 재앙을 막기 위해 비커스에게 신념을 줄 것이다. 다윗이 그러했듯 난 골리앗을 쓰러트릴 돌멩이를 비커스에게 쥐여줄 것이다. 미안해, 다윗.'

일지가 끝나자 고든의 화면에 새로운 폴더가 나타났다. 그리고 그

폴더에는 블랙 앰플이라고 이름이 붙어 있었다. 고든은 당장 비밀번호를 풀고 폴더를 열고 싶었지만 일곱 자리의 비밀번호가 단 한 번이라도 틀리면 정보가 모두 파기되는 보안시스템 속에 블랙 앰플 폴더는 만들어져 있었다. 고든은 폴더를 풀 수 없다는 것을 알고 나자 희미하게 쓴웃음을 지었다.

"조셉. 당신은 죽어서도 나를 괴롭히는군요."

그때 한 가지 생각이 고든의 머리를 스쳐 지나갔다. 고든은 의자에 걸린 옷에 손을 넣어 주머니를 뒤적였다. 그의 주머니에서는 찰랑거리는 블랙 앰플이 느껴졌다. 고든은 서둘러 옷을 입고 사무실을 나섰다. 사무실 밖에는 침울한 표정의 그레이스가 아직 가지 않고 서서 자기 책상을 정리하고 있었다.

"그레이스, 하루만 더 있어 줘. 당신이 원하는 일을 할 수 있게 해 줄게."

그레이스의 이마에 입을 맞춘 고든이 서둘러 리무브바이오 본사를 빠져나와 바로 앞에 서 있는 택시를 잡아탔다.

"레디시로드 카밀라펜트하우스. 최대한 빨리요."

[2070-10-15 TUE]
Choir

"당신의 표정을 보니, 퀴즈의 정답을 찾은 것 같군요. 마커스 수사관. 역시 훌륭합니다."

여전히 창가에 서서 찻잔을 들고 있는 대통령의 얼굴을 마커스가 뚫어져라 바라본다. 절대 주의하라는 페어백의 조언 따위는 이미 잊은 지 오래다. 지금 마커스는 수사관으로서 대통령의 얼굴과 명예의 벽에 걸린 사진 속 대통령들을 천천히 대입하며 스스로의 추론을 확신으로 바꿔가는 중이다. 믿을 수 없지만 말이다.

"그렇게 자세히 볼 필요 없어요. 마커스. 당신 생각이 맞습니다."

예상은 했지만 주정이 검승되는 순간, 마커스의 봄이 놀라움에 미세하게 떨렸다.

"가브리엘 대통령님. 아니 코트너 대통령님, 그보단 안젤로 각하가 어울리겠군요. 맞나요?"

마커스의 도발적인 질문에 가브리엘 대통령이 희미하게 웃는다.

"뭐라 부르든 상관없습니다. 뭐라 부르든, 모두 나니까요. 가브리엘도, 코트너도, 안젤로도 모두 내 이름입니다. 눈치 챘으니 말이지만, 페어백도 마찬가지고 레이첼도 마찬가지죠. 그들 역시 그 전에는 각각 전임자의 이름으로 불렸죠. 페어백은 로버트, 레이첼은 비노쉬. 우린 이미 수십 년 전부터 이 국가를 지배하고, 유지하고 있으니까요."

 선거 대신 내각의 선출로 대통령과 주요 장관들의 임기가 끝나면 교체되는 지금의 제도는 리턴타이머가 도입된 수십 년 전부터 시작되었다. 당시 50세의 수명 제한 시대가 열리면서 사회적 혼란이 예상되자 정부는 국회를 해산시켰고 선거와 투표 역시 사라졌다. 대신 국민들의 정서를 고려하여 반란이 일어나거나 쿠데타가 발생하지 않도록 모든 정부부처 고위직은 5년에 한 번씩 인수인계 과정 후 그들만의 검증 시스템을 거친 인재들로 교체되었고 일반 국민들과 동일하게 그들 역시 50세가 되면 엔딩크레딧에 참여했다. 아니 모두가 그렇게 알고 있었다. 하지만 지금 마커스는 그들이 치밀하게 짜놓은 연극에 얼마나 많은 관객들이 가슴 졸이며 끝나지 않을 결말을 기다리고 있는지 직접 목격하고 만 것이다.

 "페어백이 치안부장관을 맡은 건 운이 많이 작용했어요. 원래 30년 전 국방장관이던 포웰 장관이 치안부를 맡을 예정이었는데 하필 그는 첫 리본크리에이팅 과정에서 사망했죠. 물론 그때는 리무브바이오의 기술력이 아직 완벽하지 않을 때니 안타깝지만 어쩔 수 없었어요. 그래서 원래 보건국을 담당하던 페어백이, 아 본명은 로버츠죠. 팀버 로버츠 보건국 장관이 치안부장관의 행운을 거머쥔 겁니다. 마침 보건국은 정부와 리무브바이오의 협약 체결로 인해 사라질 예정이었으니 페어백은 극적으로 기사회생한 거죠. 그렇게 지금은 페어백인 그때의 로버츠가 우리 콰이어 패밀리가 되었고 지금까지 페어백으로 잘 살고 있죠. 5년마다 리본크리에이팅을 받으면서요."

마커스는 어떤 질문을 해야 할지, 어떤 표정을 지어야 할지 몰라 우두커니 서서 가브리엘 대통령의 이야기를 듣고 있다. 가브리엘 대통령은 무슨 생각인지 그런 마커스를 세워 둔 채 이야기를 이어갔다.

"하지만 페어백 장관의 능력은 이제 한계에 와 있어요. 블랙캣은 점점 늘고 장점이던 보건국 장관 시절의 경험도 시대가 지나면서 쓸모없어졌죠. 그래서 다음 임기 연장 대상자에선 아마 지워질 겁니다. 정말 엔딩크레딧을 맞이하게 되고 길었던 인생에게도 작별을 고하겠죠. 그러면 우리 콰이어엔 한 군데의 빈 의자가 생깁니다. 당신이 앉을 수 있는."

가브리엘이 마커스를 바라보며 웃는다. 마커스는 이 놀라운 이야기에 어떤 반응도 하지 못한 채 얼음처럼 굳어 서 있다. 그때 응접실 밖에서 노크 소리가 들렸다. 리무브바이오의 칼튼 회장이다.

"오, 마침 잘 오셨군요. 칼튼."

칼튼은 마커스가 와 있는 것을 이미 알았다는 듯 무심하게 그를 스쳐 지나가 가브리엘 대통령과 악수를 나눴다. 그리곤 자리에 앉아 마커스가 아직 손대지 못한 찻잔을 입에 가져간다.

"마커스, 자주 만나게 되는군요. 좋은 징조겠죠? 대통령님, 고든을 드디어 설득했습니다. 이제 바이퍼가 비커스를 대체할 거고, 바이퍼 체제의 첫 번째 리본크리에이팅은 약속대로 제가 받겠습니다. 많은 분들이 새로 갖춰진 인공지능 슈퍼컴퓨터를 우려하시니 제가 직접 안전성을 입증하는 게 당연하겠죠!"

"그럼 우리야 감사하죠. 칼튼."

"그런데 그럼 카밀라도 준비가 된 건가요?"

마커스가 깜짝 놀라 두 사람을 번갈아 바라본다. 하지만 그들의 안중에 마커스는 없다.

"안 그래도 지금 마커스와 그 이야기를 나누고 있었습니다. 페어백 장관의 자리에 대한 문제죠. 마커스가 이번 작전을 성공하고 치안부 장관직을 수락하면 그땐 페어백 장관과 카밀라 모두 엔딩크레딧 대상이 될 겁니다. 이미 카밀라는 엔딩크레딧을 간절히 원하고 있죠. 크랙의 고통 때문에요. 페어백만 사라지면 카밀라는 포기할 거고 칼튼 회장님의 계획도 차질 없이 바로 준비될 겁니다."

마치 체스판의 말을 옮기며 다음엔 무엇을 해야 할지, 정확히는 누구를 죽여야 할지 순서를 정하는 그들의 모습은 기괴하기까지 했다. 마커스는 그들의 대화를 통해 모든 비밀을 알 수 있게 되었다. 현재의 대통령, 장관들은 리턴타이머 도입과 함께 시작된 50세 수명 제한 제도를 시작한 20년 전, 요직을 차지하고 있던 그들, 그대로다. 20년 전 에이필 인젝션이 처음 시작될 당시 대통령 이하 고위 공직자들은 이미 50세가 넘은 상태였고 수명 제한 제도의 안정을 위해 정부의 승인과 국민들의 공감대 속에 엔딩크레딧까지 3년간의 예외적 유예를 인정받았다. 하지만 권력을 거머쥐고 있던 그들은 죽는 것을 당연히 원치 않았고 이를 눈치챈 칼튼 회장은 그들에게 리무브바이오가 개발한 리본크리에이팅을 적극적으로 제안했던 것이다. 이미 2040년 한차례 리본크리에이팅을 경험해본 그들은 영생의 길을 선뜻 수락했고 결국 대통령과 장관들은 그때부터 10년을 주기로 리본크리에이팅에 나서고 있으며 이는 대통령과 장관들의 임기가 10년이기 때문에 국민들의 눈을 속이기 위한 조치일 뿐이다. 물론 그들의 건강과 젊음을 유지하기 위한 조치이기도 하고. 리본크리에이팅을 통해 확 젊어진 모습과 새로운 이름으로 돌아온 그들은 다시 요직을 차지하며 이 나라를 이끌고 있다. 그리고 마커스는 지금 그들의 이너서클, 콰이어로 들어갈 수 있는 절호의 기회를 마주한 것이다.

"탕. 탕. 탕."
적막한 창고 안에서 총알 소리가 멈추지 않고 있다.
"스톤, 그만해요. 그러다 실수로라도 맞으면 죽는다고요!"
"실수는 없어. 스톤이 실수해도, 데이빗은 실수하지 않을 테니까."
닥터 클락은 웃으며 스톤을 말리는 조이를 재미있다는 듯 바라본다. 스톤은 총열이 뜨겁게 달궈진 총을 내려 놓으며 함박 웃음을 지었다.
"총알이 더는 없어! 걱정 마. 이제 나오라고!! 데이빗!"
스톤의 외침에 그제야 데이빗이 조심스레 숨었던 몸을 드러낸다. 그때, 스톤은 갑자기 내려 놨던 총을 다시 집더니 데이빗을 향해 총알을 발사한다. 한 발을 남겨뒀던 것이다.
"이런 쓰레기!"
데이빗이 욕을 내뱉더니 몸을 날려 총알을 순식간에 피하고 스톤 앞에 착지한다. 데이빗의 몸은 근육으로 단단해져 있고 총알을 피하고도 남을 만큼 빠르다. 표정은 당장이라도 스톤을 잡아먹을 듯 화가 잔뜩 난 상태다.

"너무하는 거 아니에요?"

씩씩대는 데이빗에게 여전히 스톤이 웃으며 박수를 친다.

"정말 대단해. 너를 봐, 데이빗. 좀 보라고!"

닥터 클락이 준 크리살리스를 맞자마자 데이빗의 몸은 근육이 발달했고 엄청난 스피드와 파워를 생성시켰다. 단순히 뇌 회전만 빠른 것이 아니라 동시에 엄청난 양의 명령을 신체에 내려도 아무 지장을 느끼지 못할 만큼 몸이 뇌에 맞게 각성한 것이다. 그런 데이빗을 보며 클락이 경이로운 눈빛을 보내고 있었다.

"이 친구, 왜 이렇게 되었다고?"

"죽은 아버지가 개발한 앰플을 엄마 배 속에서 접종했거든요."

"더 있을까, 스톤? 그 앰플 말야."

"설마요. 블랙 앰플의 존재는 그레이스를 통해 간신히 알아냈지만, 화이트 앰플은 전혀. 이제 존재하지 않아요. 블랙 앰플도 지난번 녀석들의 출동 때문에 모두 빼앗겼구요."

닥터 클락은 아쉽다는 듯 입맛을 다시며 말했다.

"자네 아버지가 뭘 어떻게 만든 건지는 모르겠지만, 덕분에 내가 만든 인류 최악의 쓰레기 약물이라던 크리살리스도 드디어 주인을 찾았네."

"얼마나 더 있을까요? 클락, 크리살리스."

"저게 마지막이야."

모두가 깜짝 놀라 클락을 바라보았다.

"지금부터 만들어야지."

클락이 싱글싱글 웃자. 다들 저마다 한마디씩 욕을 뱉었다.

"그런데, 왜 크리살리스라고 이름을 붙였어요? 번데기?"

어느새 원래의 몸으로 돌아온 데이빗이 클락의 옆에 와서 물었다.

"애벌레가 나비가 되는 과정을 본 적 있나, 데이빗? 사람들은 애벌레가 번데기가 되고 그 안에서 놀고 먹으며 잠자다가 날개를 얻어 하늘로 훨훨 날아가면 나비가 된다고 생각해."

"역시 제 생각대로군요. 그거 아니에요?"

조이가 말하자 클락이 웃는다.

"전혀! 그렇지 않아 조이. 번데기 안에서는 우리가 상상도 못한 일이 일어나지. 번데기 안에 들어간 애벌레는 그 안에서 소화효소가 부비되면서 스스로 녹아 없어져. 거의 액체가 되는 거지."

"우웩."

조이가 토하는 시늉을 하지만 닥터 클락은 아랑곳하지 않고 진지한 표정으로 말을 이어 나간다.

"번데기 안에서 액체가 된 애벌레는 그 안에서 거의 다시 태어나는 수준의 재조합 과정을 거쳐. 그런 놀라운 변태 과정이 끝나면 비로소 아름다운 날개를 지닌 나비가 되는 거지."

"그럼 데이빗의 몸에 넣은 게 그 번데기 엑기스인 거예요?"

스톤이 조이의 머리를 한 대 세게 갈긴다. 그 모습을 보며 데이빗이 웃고 있다.

"아냐. 조이. 하지만 크리살리스를 주입함으로써 데이빗 안에 있는 많은 것들이 번데기 속의 애벌레가 그랬듯이 순간적으로 재조합되고 강해지지. 마치 날개를 얻은 나비처럼 말이야. 데이빗은 10분간 나비가 되는 거야. 훨훨."

닥터 클락이 벽에 걸린 자신의 젊은 시절 사진을 보며 잠시 추억에 잠기는 듯하더니 데이빗을 바라보며 이야기를 이어갔다.

"사실 크리살리스라 불리는 데이빗이 맞은 저 신체 강화 주사는 50여 년 전에 마약과의 전쟁이 한창이던 멕시코에서 당시 군부대가 압수한 신종 마약을 토대로 처음 개발되었어. 40년 전에 내가 총괄 책임을 맡고 정부의 요청으로 개발이 한창 진행 중이었는데 갑자기 전쟁이 터진 거지. 그래서 국방부의 요청으로 급하게 작전에 투입되는 군인들에게 사용하게 되었다네. 그때는 어느 정도의 효과가 검증되었고, 부작용은 테스트하기 전이었지만 국방부는 기다릴 수 없는 상황이었지. 마침 민간 전투 용병 기업인 아리엘웨건이 전쟁에 참여하면서 그들에게 크리살리스를 처음 사용할 기회가 생긴 거야. 결과는 놀라웠지. 순간적인 근력 증가, 스피드, 두려움과 고통의 감소 등 기대 이상의 성과를 보이는 데 성공했지. 실제로 그들은 탁월한 전적을 올렸어. 하지만 도파민 과다 분비, 체온 조절 이상 등 뇌에 부작용이 발생하면서 결국 아리엘웨건의 용병들은 얼마 못 가 모두 생명을 잃고 말았네. 우리는 전쟁에서 승리했지만 크리살리스는 곧장 폐기 명령이 내려졌지. 일급 기밀로 처리되면서. 그렇게 내가 그들을 지옥에 보낸 거야."

스톤이 담배에 불을 붙여 클락에게 건넨다. 클락은 한숨을 크게 한 번 내쉬더니 담배를 받아 깊이 들이마신다. 데이빗은 클락의 이야기를 들으며 자신이 웰엔딩센터에서 죽음으로 인도한 사람들을 떠올렸다. 조안나도, 그녀의 남편도, 아니 그보다 훨씬 많은 사연의 사람들을. 어쩌면 데이빗도, 클락도 게다가 조셉까지 모두 처음에는 아무런 의심도, 죄의식도 없었을 것이다. 그게 옳다고 믿었고, 다수를 위한 희생이라고 생각했기 때문이다. 데이빗은 조금이나마 클락의 마음을 이해할 수 있었다. 그때 닥터 클락이 분위기를 바꾸려는 듯 웃으며 데이빗에게 말했다.

"오늘 밤이면 크리살리스 앰플을 열 개는 준비할 수 있을 거야, 데이빗. 스톤과 출발하기 전까진 더 만들 수 있을 거고. 최대한 서두르지. 자네들의 성전을 나 역시 기대하고 있으니까."

스톤은 만족한 듯 힘차게 닥터 클락과 악수를 하더니 조이와 데이빗을 데리고 그의 방을 나섰다. 데이빗은 뒤돌아 나오며 마치 오래 기억하려는 듯 닥터 클락의 연구실을 꼼꼼히 둘러보았다. 다신 안 올 사람처럼 말이다.

[2070-10-16 WED]
BirthDay

"5분이면 당신을 무직자로 만들 수 있어. 지금 내가 전화를 걸기를 원하나?"

고든이 자신의 앞을 막고 있는 치안국 소속 경비요원 두 명을 몰아세우자 둘은 어쩔 줄 몰라 하며 쭈뼛거리고 있다.

"장관님께서 아무도 안 된다고 하신 상황이라."

"아무나라… 좋아. 그럼 내가 페어백 장관에게 직접 전화를 걸지. 치료를 위해 왔는데 보안 요원들이 안 된다고 하니 그냥 돌아가겠다고 말이야. 내가 아무나인지 우리 모두 다 같이 확인해 보자고."

때마침 카밀라의 방에서는 크랙이 만든 고통스러운 비명이 들린다. 이를 놓치지 않고 고든이 주머니에서 전화를 꺼내 페어백의 전화번호를 누르기 시작하자 조금 더 나이가 들어 보이는 보안요원이 화들짝 놀라 고든의 팔을 잡았다.

"수석연구원님, 굳이 그러실 필요 없습니다."

그의 말이 끝나기 무섭게 두 사람은 고든에게 길을 터줬다. 고든은 안도의 한숨을 쉬며 카밀라의 방으로 향했다. 택시에서 내리는 순간부터 고든은 카밀라의 방이 어디인지 알 수 있었다. 그녀의 비명 소리가 10분 전부터 맹렬히 주변을 괴롭히고 있기 때문이다. 그녀의 방으로 올라가는 엘리베이터 안에 있는 광고 스크린에서는 아이러니하게도 주변의 잡음을 막아주는 노이즈 캔슬링 이어폰 광고가 나오고 있다.

'2070년 최다판매! 소비자 만족 최우수 IT제품상 수상. Ear-Gear! 30% 특가 할인!!'

카밀라의 방 앞에 도착하자 크랙의 통증이 멈췄는지 고요함을 넘어선 적막감이 복도에 감돈다. 마치 잠시 뒤 찾아올 고통과 비명을 기다리며 숨을 고르는 듯 말이다. 문 앞에 서 있던 그녀의 비서가 일어서 인사를 한다.

"안녕하세요? 고든 연구원님."

"수고가 많군요."

"따로 연락은 못 받았지만… 아마,"

"네, 치료 목적입니다. 통증이 잠시 멈춘 지금이 좋을 것 같군요."

비서는 현관을 통과한 고든을 별다른 의심 없이 카밀라의 방 안으로 안내했다. 카밀라는 여전히 땀에 젖은 채 침대에 누워 있다. 고든은 문 밖의 기척이 사라진 것을 확인하자 황급히 카밀라의 침대 옆에 앉았다.

"카밀라, 시간이 없으니 빨리 말할게요. 당신 아버지가 돌아오기 전에 결정해야 해요."

고든이 서둘러 외투를 벗고 카밀라에게 조급하게 말했지만 카밀라는 모든 것을 포기한 표정으로 고든을 멍하게 바라보고 있다.

"고든 연구원님. 난 마음대로 죽을 수도 없어요."

고든은 초점이 없는 카밀라의 눈동자를 바라보며 가슴 한구석이 먹먹해짐을 느꼈다. 마치 이 모든 고통의 근원이 자신인 것 같았기 때문이다.

"카밀라, 지금부터 내 말을 잘 들어요. 나는 지금 당신에게…."

"고든, 한 시간에 한 번씩 출산하는 동물이 있다면, 어떨까요?"

"네? 카밀라, 일단 그 이야긴 나중에 하고 내 말을 먼저 들어요."

"지금 내가 그래요. 한 시간마다 출산에 버금간다는 고통을 느끼는데 죽을 수도, 살 수도 없죠."

고든은 초점을 잃은 카밀라의 뺨을 세게 때렸다.

"카밀라, 정신 차려. 내 말 먼저 들어. 내가 당신을 살릴 거야. 하지만 장담을 못해. 죽을 정도로 힘들다면 마지막으로 나를 믿어 봐."

카밀라의 발개진 뺨에는 눈물이 두 줄기 흐르고 있다. 그리고 고든을 바라보며 천천히 고개를 끄덕였다. 고든은 주머니에서 인젝터와 블랙 앰플을 꺼냈다.

"이게 뭐죠?"

"블랙캣들이 맞는 블랙 앰플이죠. 당신 아버지가 제일 싫어하는 블랙캣을 만드는 앰플이요. 내가 당신에게 이걸 놓은 걸 알면 날 죽이려 들고 아마 당신도 싫어하게 되겠죠?"

긴장을 풀어주려는 고든의 농담에 카밀라는 옅은 미소를 보인다. 크랙은 비커스가 리무빙 명령을 접수받지만 이를 거부함으로써 에이필의 오류로 발생한다. 비커스의 명령 거부 반응은 에이필에 특수한 영향을 주고 에이필이 체내에서 사람들의 생명을 앗아가지 않는 대신 엄청난 고통을 느끼게 만드는 부작용을 일으키는 것이다. 지금까지 고든과 리무브바이오는 크랙을 치료할 생각을 하지 않았다. 왜냐하면 그들을 죽여서 리본크리에이팅의 재료로 써야 했고 실제로 크랙이 발생한 환자들은 얼마 못 가 자발적으로 엔딩크레딧에 나섰기 때문이다. 하지만 카밀라와 고든 두 사람은 지금 공통된 목표가 생겼다. 최초로 크랙 완치자가 되는 것이다. 고든은 고개를 끄덕이는 카밀라의 어깨에 긴장되는 표정으로 블랙 앰플을 주사했다. 인젝션이 끝나자 긴장이 풀려 온몸에서 힘이 빠진 고든이 털썩 침대에 주저앉으며 말했다.

"자, 이제 같이 앉아 한 시간 동안 수다나 풀어 봅시다. 무슨 일이 생기는지 볼 겸."

데이빗은 어딘지 알 수 없는 숲속을 달리고 있다. 앞서 있는 소녀는 뒤도 돌아보지 않은 채 천천히 걷고 있지만 데이빗이 아무리 빨리 달려도 왜 그런지 그녀에게 닿을 수가 없다. 숲속은 마치 아무런 생명체가 살지 않는 듯 데이빗과 소녀, 그리고 나무 외에는 고요하다. 하늘에 해가 떠 있는지 아주 밝지만 해가 어느 방향에 떠 있는지 모를 만큼 눈부시다. 이름을 모르기에 그녀를 불러 세울 수도 없는 데이빗이 안간힘을 다해 달려 손끝이 그녀의 어깨에 닿을 쯤이 되자 그녀가 그제야 고개를 돌린다. 대체 당신은 누구지? 하지만 그녀의 얼굴이 보일 무렵 데이빗은 머리가 터질 것 같은 고통을 느낀다. 데이빗이 땀범벅이 된 채로 잠에서 깼다. 항상 꾸는 그 꿈이 오늘은 알람처럼 데이빗을 깨웠다. 모두가 곤히 잠든 시각. 벽을 보니 시계는 새벽 3시를 막 넘기고 있다. 그 위에는 마치 모든 시간의 지배자라도 되는 듯 리턴타이머가 10시 10분을 가리키며 움직이지 않고 있다. 데이빗은 조용히 일어나 블랙캣들의 근거지 네스트를 둘러본다. 아직 열 살도 안 된 아이도 있고 일흔 살이 훌쩍 넘은 노인도 보인다. 그 어떤 복지도, 경제 시스템도 누리지 못하는 그들이지만 잠든 모습 하나는 세상 누구보다 편안하고 안락해 보인다. 데이빗은 갑자기 마리가 생각나서 괴롭다. 아마 집에 들어오지 않는 데이빗을 걱정하며 크랙의 고통 속에서도 여기저기 그의 행방을 알아보고 있을 것이다. 아니면… 데이빗은 가장 걱정하는 일이 벌어질까 봐 두렵다.

'내가 살아가는 이유는 딱 두 가지야. 조셉의 부탁. 그리고 너, 데이빗.'

크랙의 고통이 지나면 마리가 항상 습관처럼 하던 그 말이 지금 데이빗에겐 엄청난 불안이 되어 마음을 짓누른다. 마리는 데이빗이 없다면 진작 수명 상속 프로그램을 신청하고 크랙의 고통에서 벗어나고자 자발적 엔딩크레딧에 나섰을 것이다. 하지만 데이빗을 보며 그 힘든 고통을 견뎌내고 있었다. 그런데 데이빗은 이제 치안부가 가장 집중해서 검거를 시도하는 표적이 되었다. 그런 상태에서 마리를 지난번처럼 또 찾아가는 것은 불가능하다. 이런저런 고민 끝에 데이빗은 일단 계획했던 일을 실행에 옮기기로 마음먹었다. 데이빗은 침대에서 일어나 옷을 챙겨 입고 주머니에 스톤이 준 조셉의 성경 책을 품었다. 그리고 계단을 내려가서 낮에 봐 둔 닥터 클락의 연구실로 몰래 들어갔다. 클락이 누워서 잠든 것을 확인한 데이빗은 조용히 문을 열고 조심스럽게 그의 연구실 이곳저곳을 뒤졌다. 그리고 실험용 테이블 한 켠 잘 보이는 곳에서 클락이 만들어 둔 크리살리스 캡슐 10개를 발견하는 데 성공했다. 데이빗은 조심스럽게 주머니에 캡슐 10개와 인젝터 두 개를 챙겼다.

"동시에 인젝션하면 안 돼. 한 번에 하나만 해야지."

데이빗이 깜짝 놀라 뒤돌아보니 코를 골며 누워 있던 클락이 어느새 일어나 앉아 데이빗을 바라보고 있다.

"안 잤어요? 클락, 죄송해요…. 하지만 전 저 많은 사람들이 나를 믿고…."

"알아, 데이빗. 모두가 자네를 믿고 따랐다가 죽거나 다칠까 봐 걱정하는 거. 하지만 스톤은 그런 건 상관없다고 할 거야. 대의를 위해 그 정도의 희생은 필요하니까."

"클락 생각도 그런가요?"

"나? 나도 만약 그렇다면 아마 지금쯤 고래고래 소리를 지르고 있지 않을까? 블랙캣의 물건을 훔치는 블랙블랙캣이 나타났다!!! 하고 말이야."

클락과 데이빗이 마주보고 웃는다.

"스톤이 무조건 틀린 건 아니지만, 대의를 위해 일부의 희생을 당연하게 생각한다면, 우리도 저들과 다를 바가 없게 되지. 그래서 난 자네를 믿어볼까 해. 데이빗 자네가 올 걸 알았어. 그래서 오늘 급히 10개를 미리 만든 거고. 그런데 정말 혼자… 가능하겠어?"

"글쎄요. 해봐야죠, 클락. 고마워요…. 일단 리무브바이오에 들어가서 통제시스템을 무력화시킬 거예요. 대통령궁은 그 다음이구요. 그 전에… 만나야 할 사람도 있어요."

"자네는 내가 결심만 하고 실행하지 못했던 것을 할 줄 아는 친구군. 난 다수를 위해 소수를 희생한다는 명분으로 수십 년 전에 그 앰플을 사용했었지. 그런데 이번에는 반대로 그 앰플이 다수를 구할 수 있을지 모르겠군. 물론, 자네도 희생되지 않으리라 믿고."

클락이 데이빗에게 주먹을 쥐어 보이며 말했다.

"내 크리살리스의 위력을 자네가 보여 줘. 가서 모두 부숴버리게. 망할 놈들이 만든 세상을 말이야."

"네, 지금 거의 도착했습니다. 걱정하지 마십시오."

페어백이 자신 있는 목소리로 전화를 끊고는 한숨을 푹 쉰다.

"믿을 수 있을까? 귀신같이 우리가 블랙캣 소탕 작전을 계획하자마자 제보가 들어왔잖아."

"안 믿으면요? 달리 방법이 있습니까, 장관님?"

시큰둥한 대답에 예전 같으면 온갖 욕설로 혼을 냈겠지만 이제 대통령 미팅까지 마치고 나온 마커스를 페어백도 함부로 대하지 못하는 눈치다. 마커스가 대통령궁에서 나와 치안부로 돌아온 그 순간 치안부는 긴급 출동 준비로 난리가 나 있었다. 잔뜩 흥분한 페어백은 10분 전에 자신을 블랙캣에서 탈출한 제보자라고 소개한 사람으로부터 일명 네스트라 불리는 블랙캣들의 근거지 위치를 제보받았다고 한다. 절묘한 제보 타이밍이 마커스 역시 찝찝하긴 했지만 그렇다고 해서 당장 블랙캣들을 찾아 낼 증거가 부족한 마당에 진위 여부를 따질 여유는 없었다. 그리고 설령 그게 블랙캣들이 파놓은 함정이라 해도 마커스는 뛰어들 준비가 되어 있었다. 이제는 더더욱 그 이유가 확실해진 것이다. 마커스의 머릿속에는 대통령궁에서 나눈 대화가 뇌에 새긴 문신처럼 확실하게 남아 있다.

"대통령님, 페어백 장관이 순순히 엔딩크레딧을 받아들이지 않으면 어쩌죠?"

"글쎄요, 그럴 수도 있겠군요. 자신이 죽는다는 것은 카밀라도 결국 죽을 것이라는 말이니까요."

대통령의 대답에 칼튼 회장이 끼어들었다.

"마커스 수사관님이 좀 도와수넌 될 것 같은데…"

칼튼 회장의 계획은 간단했다. 이번 블랙캣 현장 출동에 페어백을 동반하고, 현장에서 그를 제거하는 것이다. 어차피 그가 제거되어야 마커스도 치안부장관에 오를 수 있는데다 칼튼 회장은 자신의 리본 크리에이팅을 위해 카밀라가 필요하기 때문이다. 페어백은 딸의 안위를 위해서라도 절대 지금의 권력을 놓지 않으려 할 것이다. 그래서 마커스가 페어백 제거에 나서도록 칼튼과 가브리엘 대통령이 특별 지시를 한 것이다. 마커스는 망설일 수가 없었다. 마커스는 습관처럼 가슴속의 지갑을 꺼내 펼쳤다. 지갑 속에는 앨리스가 밝게 웃는 사진이 들어 있다.

"나도 그 기분을 알지. 세상을 다 가진 그 기분."

옆에서 창밖을 보는 줄 알았던 페어백이 마커스의 손에 들린 앨리스의 사진을 바라보고 있다.

"오늘 작전이 성공하면, 드디어 꿈을 이루는 건가?"

"아마도요."

"뭘 제일 먼저 해주고 싶나?"

"학교, 학교에 보내 줘야죠. 친구가 생기도록 예쁜 옷도 사주고요."

"좋은 아빠군. 자네는."

마커스가 페어백을 바라본다.

"난 아무것도 줄 수 없어. 모든 걸 줄 수 있는데. 아무것도 못 줬지. 예쁜 옷, 좋은 학교, 심지어 친구까지. 뭐든 줄 수 있지만 정작 그 아이는 세상을 떠나고 싶어 하지. 나라도 그럴 거야."

페어백의 표정이 어두워진다. 마커스는 적어도 지금은 딸이 있는 아빠 중 한 명으로서 그가 이해되고 위로하고 싶다.

"잘 될 겁니다. 카밀라도."

"그래, 앨리스도."

두 사람은 처음 마주 보며 웃었다.

"도착 10분 전입니다. 네스트 진입 전 방탄조끼 및 무기 착용을 확인해 주십시오."

마커스는 페어백이 착용하는 폭탄이 부착된 조끼를 바라보며 착잡함을 느꼈다. 하지만 지금 와서 더는 뭘 어쩔 도리가 없다.

'앨리스를 위해서라면…'

고든의 어깨에 기댄 카밀라는 편안한 숨소리를 내며 곤하게 잠들어 있다. 리무브바이오로 가는 택시 안에서 그녀는 정말 오랜만에 단잠에 빠져 있는 것 같다. 벌써 3시간. 그녀는 아무런 통증도, 비명도 없이 미소와 함께 했다. 이제 카밀라를 리무브바이오의 연구소로 데려가서 블랙캣이 되었는지, 에이필이 확실히 제거된 것인지 확인하면 된다. 그럼 그녀는 최초의 크랙 완치자가 되며 고든은 블랙 앰플이 크랙을 치유할 열쇠임을 확신할 수 있게 된다. 마지막으로 남는 장애물은 하나. 모든 사람에게 접종하고도 남을 만큼 많은 블랙 앰플이 필요하다. 그렇지 않으면 칼튼 회장의 계획대로 비커스를 제거하고 바이퍼가 도입되면서 지금의 사태가 악화될 것이 뻔하다. 조셉이 그랬던 것처럼 이제야 고든도 이 세상이 끝나야 함을 직감하고 있다.

"스캔으로 결제하시겠어요?"

"아뇨, 현금."

고든은 혹시 모를 추적을 피하기 위해 회사 차량 이용도 하지 않고 택시 탑승 후 에이필 스캔 결제시스템도 사용하지 않았다. 카밀라를 데리고 도착한 리무브바이오의 연구소는 대부분의 불이 꺼져 어둡다. 고든은 잠이 덜 깬 카밀라를 부축해서 서서히 걸음을 옮겼다. 카밀라는 정말 오랜만의 외출이다. 지난번 탈출 감행 이후.

"라일리에겐 뭐라고 한 거예요?"

"아, 당신 비서요? 당신의 크랙을 치료했고, 후속 조치를 위해선 리무브바이오로 가야 한다고요. 페어백 장관은 이미 아시니 따로 연락 안 해도 연구소로 오신다고 했어요."

"행복하고 멋진 거짓말이네요."

"그럴 리가요. 진심이에요. 뒷부분만 빼고."

고든이 웃었다. 모두가 퇴근한 연구소에는 그레이스만이 앉아 고든을 기다리며 졸고 있다. 두 사람의 기척에 깬 그레이스가 휘둥그레진 눈으로 고든과 카밀라를 번갈아 바라본다.

"둘이…"

"아니에요. 그레이스. 그런 사이."

"크랙은…"

그레이스의 질문이 끝나기도 전에 고든은 치료실로 카밀라를 안내했다. 여전히 어안이 벙벙한 채 따라 들어오는 그레이스를 향해 고든이 말했다.

"그레이스, 지금 카밀라에게 몇 가지 검사를 할 거야. 당신이 마지막으로 도와 줘. 잘 된다면 당신도 그만두지 않고 이곳에 계속 머물고 싶어질지 몰라."

"몇 분이나 남았는데요, 고든?"

"뭐가?"

"카밀라. 곧 시작될 거 아니에요? 그녀는 크랙 환자잖아요."

"두고 봐."

고든이 미소 짓는다. 그레이스의 도움을 받아 카밀라에 대한 주요 검사가 30여 분간 진행되었다. 연구실에는 검사 중에도 여전히 고요한 평화가 유지되었다. 그레이스는 연신 시계를 바라보며 놀라움에 입을 다물지 못했다. 고든이 검사실에서 나오며 외쳤다.

"역시! 비밀은 블랙 앰플이야. 조셉이 만들어서 스톤에게 줬던 그 것. 그리고 이건…."

"연구소 재고실 사건처리 기밀 문서 보관함에 있었죠."

"그레이스 당신이 그걸 어떻게 알았지?"

고든이 깜짝 놀라 그레이스를 바라봤다.

"그동안 말 못해서 미안해요. 고든, 난 사실 그동안 스톤을 도왔어요. 조셉의 마지막 부탁이기도 했죠. 조셉은 검거되던 그날 밤 최대한 많은 양의 블랙 앰플을 만들고자 했고, 100개 가까이 이 실험실에서 만드는 데 성공했어요. 조셉이 검거되고 치안부가 들이닥쳤을 때 난 미리 그 블랙 앰플들을 재고실로 숨겼죠. 누군가 내게 물건을 찾으러 올 테니 꼭 전해달라고 조셉이 부탁했거든요. 그리고 스톤은 그 앰플들을 조금씩 조금씩 가져갔어요. 왜냐하면 블랙캣들의 네스트에는 블랙 앰플의 신선도를 유지할 인프라가 구축되지 않았기 때문이죠. 사람들이 도망쳐 오면 그때마다 스톤은 내게 연락을 해서 앰플을 가져갔어요. 3개. 1개. 어떤 때는 열 개. 그 앰플을 맞으면 에이필이 제거되고, 블랙캣이 되는 거죠."

고든은 그레이스가 그런 일에 연루되어 있다는 것이 믿기지 않아 어안이 벙벙했다. 하지만 지금은 그게 중요하지 않다.

"좋아, 그레이스. 그렇다면 그 앰플이 지금은 몇 개나 남아 있지?"

"전혀요. 지난번 블랙캣 소탕 작전에서 압수된 게 마지막이었어요."

오늘 카밀라에게 고든이 접종한 앰플 말고는 치안부 증거실에 있는 두 개가 끝이란 생각이 들자 고든은 좌절감이 들었다.

"그럼 이 대량 학살을 멈출 수 없어. 곧 비커스를 대신해서 바이퍼가 가동될 거고, 바이퍼는 에이필로 아무 때나 죄책감 없이 리무빙 명령을 수행할 거야. 바이퍼를 막아내고 설령 지금처럼 비커스가 남는다고 해도 수많은 크랙 환자를 양산하겠지. 방법은 블랙 앰플뿐이야. 에이필을 제거하는 수밖에 없어. 블랙 앰플을 대량 생산할 순 없을까? 우리가 블랙 앰플을 깨서 분석하면 어때?"

"고든… 우리는 조셉이 아니에요. 에이필도, 비커스도, 블랙 앰플도 모두 그의 손에서 태어났죠. 어쩌면 가능하겠지만, 그럴려면 에이필부터 원점에서 다시 연구해야 해요."

고든은 머리를 감싸 쥐었다. 그러다 문득 떠오른 것이 있었다.

"잠시 이걸 봐 줘."

갑자기 자기 자리로 가서 자신의 컴퓨터 모니터를 가리키는 고든을 향해 카밀라와 그레이스가 뛰어갔다.

"칼튼 회장의 집무실에서 몰래 얻은 권한으로 이걸 발견했어. 아마 여기엔 블랙 앰플의 생산 방법이 있을 것 같아. 그런데…."

"한 번에 맞혀야 하는 일곱 자리 비밀 번호라… 열 수 없군요?"

카밀라가 말하자 고든이 고개를 끄덕였다. 그렇게 세 사람은 다시 난관에 봉착했다. 그때였다. 리무브바이오의 보안 경보 시스템이 요란하게 울려 대기 시작했다.

"무슨 일이지?"

[2070-10-16 WED]

Vikers

    데이빗은 리무브바이오의 정문에서 벌써 크리살리스 앰플 하나를 사용했다. 직원 카드가 없다 보니 출입구 통과가 안 되었기 때문이다. 물리적인 힘으로 뚫을 수밖에 없다는 판단이 들자 크리살리스를 이용해서 보안검색대를 뚫고 진입하는 데 성공했다. 막상 리무브바이오에 들어서자 이상한 감정과 생각이 데이빗을 감쌌다.
    '크리살리스 때문일까?'
    데이빗의 머릿속에는 마치 리무브바이오 본사와 연구실의 도면 전체가 들어와 있는 듯 익숙함이 느껴졌다. 데이빗이 정문을 뚫고 들어온 탓에 경보 시스템이 요란하게 가동되자 멀리서 24시간 상시 근무하는 사설 경비 대원들이 뛰어나오는 것이 보인다. 데이빗은 마치 무엇인가가 자신의 머리에서 명령이라도 하는 것처럼 자유자재로 그들을 따돌리며 연구실을 찾아 달리기 시작했다. 목적은 단 하나, 비커스를 파괴하고 더 이상 사람들을 50세에 죽도록 내버려두지 않는 것이다. 머릿속에 떠오르는 대로 연구실 가까이 다가가던 데이빗 앞에 갑자기 건장한 체구의 보안요원 다섯 명이 나타났다. 데이빗은 빠른 속도로 그들을 따돌리려 했지만 그들 역시 데이빗 못지 않은 빠른 몸놀림으로 데이빗의 앞을 가로막았다. 데이빗과는 달리 그들은 데이빗을 향한 뚜렷한 공격 의도를 표출하고 있었다. 맨 앞 남자의 주먹이 날아오자 데이빗이 머리를 꺾어 피했다. 빗나간 주먹이 벽에 부딪히자 강철로 된 건물 벽이 움푹 패였다. 데이빗이 깜짝 놀라 남자를 바라봤다.

"너만 특별한 힘을 선물 받은 줄 알았나 보지?"

리무브바이오는 비커스와 에이필로 국민들의 건강과 수명을 통제하며 국가 기능 중 보건국을 대체하는 데 성공한 거대 기업이다. 칼튼 회장의 욕심은 이곳에서 멈추지 않았고 이번에는 치안국을 대체하기 위한 프로젝트를 비밀리에 착수하고 있었다. 바이퍼를 통해 리본크리에이팅 실험을 했고 그 과정에서 육체적으로 탁월한 근육과 전투력을 지닌 사람들을 희생시켜 장점만을 모은 하나의 인간 병기를 만드는 프로젝트를 진행하기 시작한 것이다. 칼튼 회장은 그들을 리무브바이오의 보안요원으로 위장해 뒀고 때가 되면 가브리엘 대통령을 설득해 치안부마저 없애고, 리무브바이오가 제공하는 효과적인 치안 시스템 더자이언츠를 소개할 생각이었다. 마커스에게 치안부를 맡기는 것은 아주 잠깐 시간을 벌 목적과 카밀라가 필요한 자신을 위한 고육지책일 뿐 그 이상도 이하도 아닌 것이다. 데이빗의 눈앞에는 지금 복서, 레슬링 챔피언, 사격대회 우승자, 심지어 연쇄살인범까지 녹여서 만든 인간 병기 프로젝트 더자이언츠의 창조물 다섯 명이 버티고 서 있는 것이다. 하지만 데이빗의 몸에서는 점점 기운이 빠지고 있었다. 정문을 통과한 지 어느덧 10분이 지난 것이다. 데이빗이 두 번째 앰플을 꺼내며 그들을 바라보았다.

"닥터 클락이 뭐라고 했는지 당신들은 모를 거야."

더자이언츠는 데이빗이 무슨 이야기를 하는지 몰라 더 가까이 다가오며 비웃고 있었다.

"이걸 맞은 사람들이 100명이나 죽었대."

데이빗이 그들을 따라 싱긋 웃더니 두 번째 앰플을 왼쪽 어깨에 꽂으며 마저 말했다.

"물론 죽기 전에 2,700명을 먼저 죽였다는군."

대통령궁 앞에는 수많은 시위대가 몰려들어 피켓을 들고 고함을 지르고 있다.

"Give me MY TIME! Give me MY TIME! Give me MY TIME!"

가브리엘 대통령과 칼튼 회장은 당황한 표정으로 창밖을 내다보고 있다. 그때 급하게 보안 실장이 올라온다.

"대통령님, 시위대가 터널을 통과해서 이곳까지 몰려오고 있습니다."

"대통령궁 보안부대를 소집하게."

"네, 하지만 일부 병력은 리무브바이오 연구소에 일급 경보가 울려서 지원을 나가 있습니다."

가브리엘 대통령이 쓴웃음을 지었다.

"일단 시위대가 너무 많은 상황이라 전진을 지연시키고 있지만 시간을 끌 뿐 막을 수는 없습니다. 벙커로 자리를 옮기시죠."

"시위대 규모가 크다니, 대체 무슨 일인 거지, 보안 실장?"

"오늘… 블랙캣들이 피프티포리턴 프로젝트와 리턴타이머에 대한 음모설을 확산시켜서 대중을 선동하고 있습니다."

칼튼 회장과 가브리엘 대통령의 표정이 굳어졌다.

"일단, 치안부를 연결해서 가능 병력을 최대한 대통령궁으로 집결시켜요."

"그게… 지금 현재 치안부는 블랙캣 소탕작전에 대부분의 병력이 투입된 상황이라 모두 페어백 장관, 마커스 수사관과 함께 네스트로 진입하고 있습니다."

"젠장. 그게 어디죠?"

"제보가 들어온 바에 따르면 2시간 거리에 있는…"

"망할!"

가브리엘 대통령은 무엇인가 심각하게 잘못되어 가고 있음을 느끼기 시작했다. 그 사이 시위대의 고함 소리는 점점 가까워지고 있다.

"경고 방송을 하고 실탄 사격을 할 수 있다고 겁을 주는 건 어때요?"

칼튼 회장이 다급하게 말했다. 그 말을 들은 보안 실장은 어처구니가 없다는 표정으로 말했다.

"회장님, 저들은 어차피 몇 년 뒤면 죽습니다. 50세가 될 테니 까요. 조금 먼저 죽는 것이 두려울 상황은 아니죠. 그리고 현재 보안부대가 지닌 모든 총알을 다 써도 시위대의 30%도 줄지 않습니다. 결정적으로 저는 그런 명령에 따르고 싶지 않구요."

보안 실장이 칼튼을 노려본다. 한편, 시위대 선두에 서 있는 조이는 스톤의 지시에 따라 비밀리에 이번 시위를 준비했다. 블랙캣만이 아닌 일반 국민들에게 현 체제의 문제점을 알리는 메시지와 영상을 전파하고 정해진 날짜, 약속된 시간에 모두 모여 시위를 하기로 계획한 것이다. 블랙캣만으로 대통령궁을 함락하는 것은 불가능하다. 게다가 치안부대까지 출동하면 결과는 불 보듯 뻔한 일이었다. 하지만 조이가 일반 국민들을 시위라는 방법으로 동원해서 이쪽의 수를 늘리는 사이, 스톤이 페어백에게 네스트의 위치를 고의적으로 시위 직전에 제보함으로써 치안부의 병력을 다른 곳으로 돌리는 데 성공하자 시위대의 대통령궁 진입이 가능해진 것이다. 사람들은 구호를 외치며 평화시위를 하고 있지만 그 사이에 숨어든 스톤과 블랙캣 멤버들은 대통령궁이 가까워질수록 옷 속에 숨겨둔 무기를 점검하며 최후의 일전을 각오하고 있었다.

"스톤, 그런데 왜 리무브바이오로 먼지 가지 않은 거예요?"

"이미 데이빗이 혼자 갔더군."

"혼자요?"

"차라리 잘됐어. 리무브바이오가 공격당한 걸 알면 치안부대가 속은 걸 알고 돌아올 거고 그럼 우리 쪽 피해도 만만치 않았을 거야. 데이빗이 스스로 먼저 그곳에 침입했다고 하니 우리는 대통령궁에만 집중하면 돼."

"잘된 거군요. 그럼 우린 여기서 대통령만 생포하면 되네요?"

"아니."

"그럼?"

"살 만큼 산 욕심 많은 권력자들은 본보기가 되어야 해."

조이는 스톤의 눈빛이 무섭게 불타는 것을 보고 알 수 없는 두려움이 들어 더 이상 묻지 않았다.

세 번째 자이언트가 쓰러지자 남은 두 명에게서 드디어 두려움이 엿보인다. 데이빗보다 체격이나 육체적 속도에서는 그들이 우위일 수 있지만 데이빗에게는 그들에게 없는 두뇌가 있기 때문이다. 그리고 웬일인지 리무브바이오 연구소에 들어온 순간 데이빗의 머릿속에는 이곳의 보안 시스템과 더자이언츠를 공략하기 위한 그들의 약점까지 마치 누가 시험문제를 정리해서 미리 보여주는 듯 상세하게 떠오르고 있었다. 남은 두 명의 자이언츠는 전략적으로 함께 데이빗에게 덤벼들기 시작했다. 한 명이 빠른 주먹으로 데이빗의 얼굴을 노리는 척하면서 남은 한 명이 다리 쪽에 태클을 걸며 넘어뜨리려 시도했다. 데이빗은 다리 쪽으로 접근한 자이언트의 허벅지를 밟고 뛰어오르며 무릎으로 자신의 얼굴을 노리던 나머지 자이언트의 턱을 날려버렸다. 크리살리스로 쇳덩이처럼 단단해진 데이빗의 무릎에 얻어맞은 한 명이 쓰러지고 드디어 마지막 한 명이 남았다. 그런데 그때 데이빗의 크리살리스 기능이 소진되었는지 몸의 근육이 위축되며 서서히 힘이 빠지기 시작했다. 찰나의 순간 이 공백을 눈치 챈 마지막 자이언트가 번개같이 달려와 데이빗의 팔을 부러뜨릴 듯 낚아챘다.

"이봐, 애송이. 네가 얼마나 똑똑하기에 우리 공격을 예측했는진 모르겠지만, 우린 너처럼 10분짜리 능력자가 아니라 평생을 이렇게 살아야 하는 괴물이야. 전쟁에서 진짜 수백 명을 죽여본 자들을 녹여 만든 괴물이지."

 마지막 남은 자이언트가 이빨을 드러내며 웃더니 데이빗의 목을 부러뜨릴 생각으로 조여든다. 데이빗이 고통스러워하는 표정을 보며 서서히 즐기려는 듯 팔에 천천히 힘을 더하고 있다. 그러다 어느 순간 갑자기 그의 팔에서 힘이 빠지더니 눈동자가 풀리기 시작했다. 마치 갑자기 졸음이라도 밀려오는 듯 풀썩 주저앉은 마지막 자이언트는 결국 앞으로 고꾸라져 버렸다. 죽음의 문턱에서 풀려난 데이빗은 안도와 놀라움으로 그런 그의 모습을 바라봤다. 그때 자이언트의 목 뒤에 이미 주입이 다 되어 텅 빈 채 꽂혀 있는 인젝터가 눈에 들어왔다.

 "당신이군, 데이빗."

 쓰러진 자이언트의 뒤에는 갑자기 나타난 고든과 카밀라, 그리고 그레이스가 서 있었다. 데이빗은 이들이 누구인지 알 수 없지만 여기 온 목적을 빨리 실행해야 한다는 생각에 다시 크리살리스를 꺼내 주입하려 했다.

 "잠깐, 이봐! 이봐!"

 고든이 그런 데이빗의 팔을 잡으며 제지했다. 그러자 데이빗이 고든을 노려보며 말했다.

 "도와준 건 고맙지만, 누구인지는 몰라도 이 손 놔요. 난 지금도 당신을 제압할 수 있어요. 당신들과 다르거든요. 최대한 빨리 여기 온 목적을 이루고 흉물을 파괴하면 조용히 떠날 거예요. 그러니 위험을 무릅쓰지 말아요. 당신들을 다치게 하고 싶지 않으니."

"뭐, 비커스를 찾아서 파괴하기라도 할 건가? 당신네 블랙캣들의 숙원이잖아. 수명 제한 제도를 파괴하기 위한 근본적인 해결책 말이야."

그런 고든의 말을 무시하고 크리살리스를 주입하려 하는데 고든이 데이빗에게 말했다.

"데이빗, 넌 비커스가 어디 있는지는 찾을 수 있겠지만 파괴할 순 없어. 비커스는 기계도 아니고, 눈에 보이는 존재도 아니기 때문이야. 인공지능 프로그램이지. 결국 내 도움이 필요해. 나도 네 도움이 필요하고. 결론적으로 우린 목적이 같아."

고든의 말에 데이빗이 일어서서 그를 바라본다.

"목적이, 같다고?"

"그래, 나도 이 지긋지긋한 연극을 끝내고 싶으니까. 적어도 지금 너와 나는 서로 도와야 해."

"당신이 누구인지도 모르는데, 서로 돕자고?"

"난 고든, 고든 프리머. 리무브바이오의 수석연구원이야. 네 아버지의 뒤를 이은."

데이빗은 고든이 자신을 밝히자 놀란 듯 고든 뒤의 카밀라와 그레이스를 바라봤다. 실험복을 입고 있는 그레이스가 고개를 끄덕이자 데이빗은 그제야 크리살리스를 주머니에 다시 집어넣었다. 드디어 네 사람이 한 팀이 되자 고든이 앞장서서 걷기 시작했다. 그리고 그의 뒤를 데이빗, 그레이스, 카밀라가 따라 나섰다. 같은 목적을 위해.

스톤은 평화시위대 틈에서 빠져나와 시위대를 향해 위협사격을 하는 대통령궁 보안부대를 하나둘 없애고 있다. 시위대 틈에 숨어 늑대처럼 보안부대를 공격하는 스톤과 블랙캣 조직은 그 어느때보다 조직적이고 무자비했다. 조이는 평소와 달리 지나치게 무자비한 스톤의 공격을 말리고 싶었지만 이미 다른 블랙캣들의 절대적 지지를 등에 업은 스톤은 이 작전을 멈출 생각이 없어 보였다. 저들을 저렇게 죽이지 않고도, 그리고 대통령 역시 죽이지 않고도 얼마든지 평화의 힘과 국민들의 힘으로 이 제도를 폐기할 수 있을 것 같다는 생각이 조이에게 들었지만 웬일인지 스톤은 원래 계획보다 더 처절한 응징을 가하며 전진하는 중이다. 보안부대는 평화시위자들 틈에 숨어 자신들을 공격하는 블랙캣들을 공격하지 못하고 속수무책으로 당하며 쓰러져가고 있다. 가브리엘 대통령과 칼튼 회장은 더 이상 버틸 수 없음을 직감하고 대통령궁 탈출을 준비하기 시작했다. 하지만 보안부대 대다수가 전멸하고 치안부 또한 블랙캣 소탕작전으로 자리를 비운 현재의 대통령궁 상황은 블랙캣들에게 그다지 큰 위협이 되지 못했으며 탈출조차 쉽지 않았다. 시위대는 드디어 대통령궁 앞에 도착해 피켓을 들고 구호를 외치기 시작했다.

"Give me MY TIME! Give me MY TIME! Give me MY TIME!"

보안 부대가 전멸하고 더 이상 방해 세력이 없는 것을 완전하게 확인한 스톤이 미소를 보이며 대통령궁에 블랙캣들을 이끌고 진입했다. 시위대는 환호성을 울리며 개선장군 같은 그들에게 박수를 보냈다. 처음 모습과 달리 지금 이곳은 광신도들이 점령한 종교행사장 같은 분위기다.

"지금부터 가브리엘 대통령, 칼튼 회장을 찾아 수색한다. 지시받은 조 편성 그대로 뭉쳐서 샅샅이 뒤져. 그리고 부득이한 상황이 발생한 다면 대통령은 사살해도 좋다. 단, 칼튼 회장은 반드시 생포하도록."

조이는 스톤의 말을 듣고 깜짝 놀랐다. 그리고 블랙캣들이 명령에 맞춰 흩어져 대통령궁 수색을 시작하자 조심스럽게 스톤에게 다가갔다.

"스톤, 이 시스템을 제공하는 리무브바이오의 칼튼을 반드시 죽여야 하는 거 아니에요? 대통령은 살리더라도? 우리의 목적은 세상을 원래의 모습으로 바꾸는 거잖아요. 평화적으로."

스톤이 차가운 미소를 지으며 그런 조이를 바라봤다.

"조이, 너도 곧 이해할 거야."

비커스가 구동되고 있는 중앙 통제실에 네 사람이 도착했다. 중간 중간 보안병력과 방어시스템이 가동되긴 했지만 크리살리스를 투여한 데이빗에겐 큰 장애가 되지 않았고, 여전히 데이빗의 머릿속에는 그런 시스템들을 무력화할 힌트들이 답안지처럼 둥둥 떠다니고 있었다. 긴장된 표정으로 고든이 중앙 통제실 출입 비밀 번호를 입력하려 하자 비밀 번호도 입력하기 전에 문이 자동으로 열렸다. 고든이 깜짝 놀라 뒤로 물러났다. 데이빗이 그런 고든의 앞으로 나서며 조심스럽게 문의 손잡이를 잡았다.

"안에 설마 누가 있나요?"

"그럴 리가."

"그럼 문이 원래 이렇게 자동으로 열리나요?"

"글쎄, 적어도 나는 처음 봐."

고든의 대답에 불안을 느낀 데이빗이 다시 크리살리스를 하나 꺼내 어깨에 주입한다. 혹시 모를 위험에 대비해야 하기 때문이다. 이윽고 데이빗이 완벽한 모습을 갖추자 문을 힘차게 열고 들어가 주변을 살핀다. 고요함만이 가득한 중앙 통제실, 그 통제실 스크린에는 비커스의 구동 화면과 딥러닝 상황이 전송되고 있다. 그런데, 그 화면을 보던 데이빗이 그 자리에서 얼어붙고 말았다. 먼저 들어간 데이빗이 안에서 별다른 반응이 없자 고든, 카밀라, 그리고 그레이스가 차례로 조심스럽게 따라 들어왔다. 그리고 그들 역시 데이빗처럼 그 자리에 서서 얼어붙어 버렸다.

"아마… 이런 것도 처음 보겠죠?"

데이빗이 어렵게 말문을 열었다. 비커스의 구동 스크린에는 다름 아닌 데이빗의 모습이 전송되고 있다. 마치 데이빗이 여기 온 걸 환영하기라도 하는 듯 그의 기억 속에 남아 있는 추억들이 영화처럼 조각조각 스쳐 지나가고 있다. 데이빗 스스로 잊었다고 생각한 마리의 젊었을 때 모습, 학교에서 친구와 싸우다 들켜 선생님에게 혼나는 모습까지… 스크린에 떠 있는 조각조각 모든 것이 데이빗의 모습이다.

"저건 나도 처음 봐요. 내 기억 속엔 있을 수 없는 장면인데…?"

지금 비커스의 스크린에는 실험실에 앉아 열심히 무엇인가를 분석하고 기록하는 조셉의 모습까지 스쳐 지나가고 있다. 데이빗이 태어나기 전 조셉의 모습이다. 얼어붙은 채 비커스의 화면을 응시하던 고든이 한참 만에 데이빗에게 말했다.

"데이빗, 혹시 마리는 지금 괜찮나요?"

고든의 말이 끝나기 무섭게 갑자기 스크린에는 마리의 모습이 나타난다. 크랙으로 고통스러워했던 모습, 데이빗의 입학식에 오지 못해 아쉬워하던 예전 모습이다. 놀란 표정으로 이 모든 광경을 지켜보던 고든이 혼란스러운 듯 뒷걸음질을 치며 말했다.

"맙소사… 조셉… 당신은 대체…."

[2070-10-16 WED]
Family Art

마리는 데이빗이 걱정되지만 무사할 것이라고 믿고 있다. 그래서 지금 이 순간에도 크랙의 고통을 참으며 아들을 기다리는 중이다. 적어도 데이빗에게는 자신처럼 형제도, 부모도 없는 가족 없이 외로운 삶을 보내게 하지 않겠다고 다짐하며 또 다짐하고 있다. 마리는 한참을 열어보지 않았던 책장 속에 숨겨 둔 낡은 사진들을 꺼내 바라본다. 조셉과 결혼을 하던 날 찍은 사진, 갓 태어난 데이빗을 안고 침대에 누워 기쁨의 눈물을 짓고 있는 사진도 있다. 그리고 마지막에는 자신과 아버지가 찍은 사진이 접혀 있다. 접힌 부분이 펴지자 환하게 웃고 있는 아버지 모습이 눈에 들어온다. 사진이 이렇게 많은데 온 가족이 모두 나온 사진이 한 장도 없다는 현실에 마리는 허탈한 웃음이 나온다. 문 밖에는 아직도 치안부에서 보낸 수사관들이 마리를 감시하고 있다. 저들의 존재 자체가 아직 데이빗이 무사함을 증명하는 증거라고 생각하니 오히려 고마운 친구가 찾아온 듯한 반가움마저 느껴진다. 마리는 자신이 아버지 품을 떠나던 그날을 떠올리며 자신의 선택이 틀리지 않았음을 상기시킨다.

[20년 전 2050년 대통령궁]

"마리! 바보 같은 결정하지 마!"

"만약 엄마의 배 속에 내가 있어도 그렇게 말했을 건가요, 아빠?"

"그건 다른 문제야. 넌 지금 더 중요하고 긴 미래를 약속 받았어."

"사랑하는 사람의 아이까지 희생시켜가며 영원한 삶을 누리는 괴물이 되라는 말이네요."

"결국 너도 이런 나를 이해할 거다."

"아뇨! 절대로요!"

마리는 자신을 잡는 아버지의 손을 뿌리치고 대통령궁을 뛰쳐나와 도망쳤다. 마리는 그렇게 사랑하는 조셉에게 돌아갔다. 조셉은 마리가 대통령의 딸이라는 사실을 미처 모르고 배 속에 자신의 아들 데이빗을 임신한 마리와 결혼을 했다. 어떤 미래가 기다리고 있는지 알지 못한 채.

"그러니까, 고든 당신의 말은, 내가 비커스란 말이에요?"

데이빗이 믿을 수 없다는 듯 고든을 바라본다. 그건 그레이스도 마찬가지다.

"말도 안 돼. 아니 불가능하다고!"

"그레이스, 조셉이야. 우리가 예상할 수 있는 사람이 아니야."

고든은 침착하게 비밀 폴더를 열어 조셉의 비커스 일지를 스크린에 올려 보여주었다.

"조셉은 자신의 계획이나 신념과 다르게 에이필과 비커스가 쓰이게 될 것을 알았어. 소수의 욕심을 위해 다수가 희생되는 불공정하고 생명의 존엄성이 훼손되는 시대가 오게 된 거지. 그리고 그 중심에 자신이 만든 에이필과 비커스가 있다는 걸 괴로워했어. 그래서 비커스에게 생명의 가치와 존엄성을 학습하도록 아무도 모르게 딥러닝 로직을 구축했어. 하지만 그건 어디까지나 학습이고 데이터일 뿐이지. 비커스는 자신이 배운 것에 배치되는 리무빙 명령에 거부반응을 보였지만 크랙이라는 부작용을 잉태했고 결국엔 시간이 지나면 바이퍼 같은 새로운 프로그램으로 대체되면 그만이지."

"그래서?"

"그래서 조셉은 비커스에게 신념을 심어주고자 한 거야. 딥러닝을 통해 생명의 가치를 알게 되었지만 적극적으로 방어하기 시작한 건, 그러니까 크랙이 본격적으로 확산하기 시작한 건 최근부터였어, 바로 데이빗이 성인이 되어 웰엔딩센터에서 일하기 시작한 그 무렵 말이야. 데이빗은 엔딩크레딧을 통해 죽어가는 사람들을 보며 죄책감을 느꼈고 이게 맞는 것인지 의심하기 시작했어. 집에 가면 크랙을 앓는 마리를 보며 공정하지 못한 처사에 분노하기도 했지. 비커스는 이걸 그대로 느끼고 있었던 거야."

"어떻게 그게 가능하죠?"

놀라움에 몸을 떨고 있는 데이빗이 고든을 바라보며 물었다.

"데이빗, 내 추론이 맞다면 너의 뇌는, 비커스와 연결되어 있어. 화이트 앰플 접종 이후부터."

그레이스와 카밀라가 놀란 표정으로 고든을 바라봤다. 비커스의 구동 화면에는 데이빗이 웰엔딩센터에서 일하며 사람들의 죽음을 마주할 때마다 고민했던 순간들이 영화처럼 스쳐 지나가고 있다. 기나긴 침묵을 깨고 그레이스가 입을 열었다.

"그럼 만약 비커스를 제거한다면…"

"어디까지나, 가설이지만… 그래. 데이빗도 죽게 돼."

"이게 누구신가! 각하! 이렇게 뵙는군요?"

스톤이 대통령의 책상에 앉아 결박된 채 들어오는 가브리엘에게 자리를 권한다. 가브리엘은 체념한 듯한 표정으로 천천히 의자에 앉아 스톤을 바라봤다.

"아주 오랜만이죠? 그날 대통령 담화 사전 인터뷰 기자단에 포함되었었는데…. 거기 참석 못한 걸 엄청 후회했죠. 그날 이후 내가 이렇게 도망자가 될 줄 누가 알았겠습니까?"

스톤이 웃지만 가브리엘 대통령은 여전히 침묵하고 있다.

"자리가 탐나서 온 거라면, 빨리 죽이고 마음껏 차지하게. 농담 따먹기는 넣어두고."

가브리엘 대통령의 말에 고든이 담배를 꺼내 불을 붙인다.

"자리가 탐나서라… 반은 맞고, 반은 틀려요. 아직 칼튼 회장을 잡지 못했거든요. 내가 필요한 건 조금 더 정확히 말하자면 칼튼 회장이죠."

"스톤, 자네는 마치 우리 선조들이 노예 해방을 외치며 피를 흘렸던 그날처럼 숭고한 성전을 선포하고 나를 잡았지만 결국 나와 다를 바 없어. 안 그런가?"

가브리엘 대통령은 스톤의 생각을 알고 있다는 듯 비난했다. 그러자 스톤이 거칠게 담배를 비벼 끈다.

"그게 이상한 건가, 가브리엘? 당신은 이 권력과 영원한 삶을 위해 딸마저 죽이려 했잖아."

비수처럼 날아온 스톤의 말에 가브리엘은 크게 상심한 듯 고개를 돌려 버린다.

"당신 딸 마리는 그날 조셉이 주사한 화이트 앰플이 아니었으면 바로 죽었겠지. 당신이 지시했으니까. 당신은 대통령과 장관들이 리본크리에이팅을 받으며 평생 권력을 유지하려 한다는 사실이 알려지는 게 두려웠지만 딸을 죽일 순 없었지. 하지만 레이첼, 페어백, 페르난도, 수없이 많은 주변 사람들이 우려하고 협박하자 대를 위한 소의 희생이라며 딸에게 리무빙 명령을 내린 거야. 하지만 그 타이밍이 너무 늦었어. 이미 그때는 조셉이 데이빗을 위해 마리에게 화이트 앰플을 접종했을 때거든. 그것도 내가 직접 말이야. 당신의 그 선물 덕분에 당신 딸은 20년째 고통 속에 비명을 벗 삼아 살고 있어. 당신 같은 사람도 있는데 고작 내가 죄책감을 가져야 하나?"

스톤의 말에 가브리엘 대통령이 고개를 숙인다.

"어서 죽여. 스톤. 비참하게 하지 말고."

"그럴 순 없지. 아직 칼튼을 못 잡았거든. 당신은 칼튼이 보는 앞

[2070-10-16 WED] Family Art · 213

에서 죽어야 해. 그래야 칼튼이 정확히 파악하거든. 앞으로 5년마다 누구를 살려내야 할지."

스톤의 말에 옆에 서 있던 조이가 깜짝 놀랐다.

"스톤. 우리는 리본크리에이팅과 수명 제한 제도를 파괴하려…"

순간, 고요하던 대통령 집무실에 차가운 총소리가 울려 퍼진다. 총소리와 함께 조이가 가슴을 부여잡으며 쓰러졌다. 스톤의 손에는 연기 나는 담배 대신 연기가 나는 총이 들려 있다. 주변의 블랙캣들이 깜짝 놀라 조이와 스톤을 번갈아 바라본다.

"스톤…."

"조이, 굳건했던 신념이 공격받아 산산조각 날 때 느껴지는 고통은 한없이 크지만 죽음보다 앞서지는 않는단다."

스톤이 피를 흘리며 눈 감는 조이에게서 시선을 거두고 방 안의 블랙캣들을 향해 소리쳤다.

"지금 이 방 안에 있는 동지들은 모두 앞으로 이 나라를 나와 함께 이끌어 간다. 불만이 있는 사람은 지금 나와. 조이와 함께 신념을 지키고 싶다면 말이야."

네 사람은 여전히 비커스가 보여주는 데이빗의 기억을 바라보고 있다. 마치 짧은 영화를 보는 기분이다. 그때 시계를 본 데이빗이 더 지체할 수 없다는 듯 고든에게 말했다.

"그냥 상관 말고 비커스를 제거해요. 그래야 리무브바이오가 더 이상 사람들을 마음대로 죽이지 못할 거예요. 당신이 하지 않겠다면, 내가 크리살리스를 맞고 여기를 쑥대밭으로 만들 수밖에 없어요."

"그렇게 간단하지 않아, 데이빗."

"대체 뭐가 그리 복잡한 거죠? 이제 뭘 더 해야 하는지 나도 모르겠어요."

무릎을 꿇고 좌절하는 데이빗에게 고든이 말한다.

"칼튼은 이미 비커스를 제거할 준비를 마쳤어. 바이퍼가 비밀 공간에서 대기 중이지. 비커스는 그나마 너로 인해 신념이 생겼고 생명의 가치를 이해해. 국민들을 위한 실제 건강 유지 기능이나 보건복지 기능도 가동 중이지. 조셉의 바람처럼 말이야. 하지만 바이퍼는 그런 기능 따윈 모두 지웠어. 오로지 죽이고 다시 만들기 위한 살인 프로그램일 뿐이지. 비커스를 제거한다고 될 일이 아니야. 네가 죽어서 해결될 간단한 문제가 아니라고!"

고든의 말에 모두가 침묵에 휩싸인다. 그때 카밀라가 말했다.

"어차피 못 쓸 거라면, 시도라도 한 번 하면 안 돼요?"

"못 쓸 것? 뭘 말하는 거죠?"

카밀라의 말에 데이빗이 묻는다.

"비밀번호요."

카밀라의 말을 들은 네 사람은 서둘러 고든의 방으로 가서 다시 스크린을 열었다.

"조셉이 남긴 블랙 앰플 관련 폴더야. 하지만 아주 특별한 보안을 걸어 놨지. 비밀번호 일곱 자리를 한 번에 맞히지 못한다면 폴더 안의 자료는 영구적으로 삭제돼. 확실히 아는 사람이 아니라면 열 수 없는 거지."

"저 폴더를 열면, 당신, 나, 우리의 공통된 목표를 달성하는 건가요?"

"그렇다고 믿고 있어, 지금은. 조셉이 남겨 둔 마지막 선물일 테니."

잠시 생각에 잠겨 있던 데이빗이 조용히 중얼거린다.

"내가 너를 사랑한 것 같이 너도 사람들을 사랑하길."

갑작스러운 데이빗의 중얼거림에 놀란 나머지 세 사람이 데이빗을 바라봤다. 그러자 데이빗이 말했다.

"이 성경 구절 혹시 아는 사람 있나요?"

그때 카밀라가 말했다.

"아버지께서 나를 사랑하신 것 같이 나도 너희를 사랑하였으니… 요한복음 15장 9절이에요."

"이게 무슨 구절인데, 데이빗?"

그레이스의 질문에 데이빗은 가슴속에서 성경 책을 꺼내 맨 앞 장을 펼쳤다.

"아버지가 내게 유일하게 남긴 유품인 성경에 쓰여 있는 말이에요. 그런데 여긴 이사야서 22장 22절이라고 쓰여 있지만 구절과 일치하지 않아요. 오히려 실제 구절은 카밀라의 말이 맞다면 요한복음 15장 9절이죠."

말을 멈춘 데이빗이 고든의 컴퓨터 앞에 앉았다. 그리고 조심스럽게 터치스크린을 누르기 시작했다.

'John159'

억겁과도 같은 순간이 지나자, 폴더는 열렸고, 고든의 기대처럼 블랙 앰플 대량 생산 방법이 적힌 비밀 문서가 등장했다.

"네 아버지는 죽어서도 세상을 바꾸는군."

"스톤, 당신은 다르다고 믿었어요…."

조이가 가슴에서 솟구치는 피를 막지 못해 쿨럭거리면서 말했다.

"조이, 네가 맞아. 난 달라. 왜냐하면, 난 목표를 이뤘거든. 그런데 말이야, 조이. 우리가 이 시스템을 붕괴시키고 50년만 살아가야 하는 세상을 원래대로 돌려 놓으면 뭐가 좋아지지?"

스톤이 주변을 둘러싼 블랙캣들을 바라보며 말했다.

"자, 말해 봐! 뭐가 좋아지지? 쉰 살에 죽지 않는 대신 일흔 살에 죽는 거? 여든 살에 죽는 거? 그래서 뭐! 그 삶이 행복할까? 돈은 없고, 병들어 시름시름 앓을 텐데? 그걸 원해서 여기까지 온 거야? 총 들고?"

블랙캣들은 스톤의 말을 집중하며 듣고 있다.

"우리가 이 혁명을 완수하고 세상이 다시 평등해지면, 자신이 부여받은 건강만큼 삶을 살아가는 세상이 다시 온다면, 너희들은 이제 뭘 할 거지? 말해 봐, 잭. 너 매일 술 퍼마셨지? 네 몸이 온전할까? 폴리, 넌 어때? 네 몸의 그 반점? 너도 알고 있잖아. 넌 에이즈야. 그래, 우리 솔직해지자. 난 어떨까? 이 맛깔 난 연기를 끊지 못한 탓에 난 이미 심각한 폐암이야. 담배가 준 지독한 선물이지. 새로 열리게 될 세상에서 우린 1, 2년 안에 중환자실에서 서로를 마주보며 죽어가겠지.

그래, 우리 참 훌륭했어, 라고 자위하면서 말이야. 그게 내가, 그리고 너희가 원하는 아름다운 결론인가? 밖에서 구호를 외치는 저들에게 평등한 세상을 주기 위해 이 놀라운 기술력을 버려야 해? 돈이 있는 사람이 더 오래 사는 건 지금이나, 앞으로나 똑같아. 그게 수명 연장 세금이냐, 치료비냐만 다를 뿐이지. 오히려 돈이 없는 사람이라면 모두 똑같이 50년만 살고 죽는 게 더 공평한 거 아닐까?"

"역시, 듣던 대로 현명하시군요."

언제 들어왔는지 칼튼 회장이 블랙캣들에게 잡혀 스톤 앞에 끌려 나오고 있다. 열변을 토하던 스톤이 반가운 표정을 지으며 칼튼 회장을 바라본다.

"드디어 만나는군. 칼튼 회장. 조셉은 이제 없어. 그래도 시스템을 유지하는 데 지장이 없나?"

"물론입니다. 심지어, 리본크리에이팅에 최적화된 새로운 버전의 인공지능도 이미 개발을 마친 상태죠."

칼튼 회장은 계산이 빠르고 분위기 파악에 능한 사람이다. 이미 스톤이 무엇을 원하고 자신이 무엇을 줄 수 있는지 계산을 마쳐 두었다. 칼튼이 작정한 듯 말을 이어갔다.

"리무브바이오는 그게 누구든, 국가의 운영에 절대적인 지원을 약속할 겁니다. 보건국을 대신해 국민들의 수명과 건강을 통제해왔고, 앞으로도 그렇겠죠. 그리고 이제 블랙캣이 수면으로 드러난 이상 국가의 치안 체계도 바뀌어야 합니다. 지금까지의 블랙캣은 상관없지만, 앞으로는 그런 일이 생기지 않도록 한층 강화된 치안을 구축해야겠죠. 리무브바이오는 이 역시 지원할 자신이 있습니다."

스톤이 흐뭇하게 칼튼 회장을 바라보고 있다.

"칼튼 당신은 역시 준비가 철저하군."

"물론입니다. 스톤 대통령님."

그 모습을 바라보던 조이의 호흡이 더 버티지 못하고 멎어가고 있었다. 그리고 그런 조이의 손에 신호가 잡힌 무전기가 들려 있음을 아무도 눈치채지 못했다.

데이빗은 뜨거운 눈물을 흘리고 있다. 조이의 무전기를 통해 스톤이 어떤 음모를 꾸미고 있는지 알게 되었고, 조이가 죽은 것도 알았기 때문이다. 그레이스도 충격을 받아 울면서 바닥에 앉아 있다. 정신을 차린 데이빗이 고든에게 말했다.

"고든, 저 폴더의 문서대로 한다면 블랙 앰플 대량 생산은 가능할까요?"

"시간은 걸리겠지만, 충분히 가능해. 비커스를 통해 지금 시뮬레이션을 해봤어."

"전체 국민이 블랙 앰플을 접종해서 에이필로부터 자유로워지려면 어떤 위험을 제거해야 하죠?"

블랙 앰플 생산 과정을 다운 받으며 비커스에 들어갈 명령어를 만들던 고든이 데이빗을 보며 말했다.

"위험이라… 지금부턴 비커스를 통해 블랙 앰플 생산을 시작할 거야. 그리고 바이퍼를 최대한 빨리 파괴해야겠지. 그리고….”

"그리고?"

"칼튼 회장을 막아야 해. 그리고 이젠 스톤도. 스톤은 자신의 폐암 치료를 위해 나머지 블랙캣들도 선동해서 영원한 건강을 약속할 거야. 칼튼 회장은 당연히 그 제안을 받아들이려 할 거고. 그럼 이 세상은 가브리엘이 스톤으로 바뀌고 비커스가 바이퍼로 바뀔 뿐 전과 다를 바 없지. 아니 한층 더 악랄한 인간과 인공지능이 지배하는 50년짜리 반쪽 세상이 되겠지.”

"고든, 그러면 당신이 바이퍼를 파괴할 수 있도록 비밀 실험실로 내가 데려다 줄게요. 그 뒤에 나는 대통령궁으로 가서 스톤과 칼튼 회장을 막을 거예요."

"하지만 그건 불가능해."

고든이 심각한 표정으로 말했다.

"일단 나도 바이퍼의 연구실이 어딘지 몰라. 비밀 연구소에서 극소수의 필수 인력만이 참여하고 있거든. 한 번 가봤지만, 그건 칼튼의 비밀 엘리베이터를 통해서였어. 그리고 아무리 가깝다고 해도 네가 대통령궁까지 가는 동안 스톤이 블랙캣들을 규합해서 이곳으로 오려 하겠지. 칼튼도 함께 말이야. 그때까진 내가 바이퍼를 파괴할 방법이 없어.”

심각한 고든의 표정과 달리 데이빗이 미소를 보이며 말했다.

"그건 내게 맡겨요."

데이빗은 크리살리스 앰플을 하나 꺼내 어깨에 주입했다. 그리고 한 팔로 고든을 번쩍 안더니 내달리기 시작했다.

"그레이스, 블랙 앰플 생산, 마저 부탁해요."

그레이스가 고든 대신 남아 비커스에 블랙 앰플 생산 준비를 이어가기로 했다.

"그런데 데이빗, 비밀 실험실이 어딘지는 아는 거야?"

"잊었어요, 고든? 내가 비커스예요."

눈 깜짝할 사이 데이빗은 머리에 떠오르는 리무브바이오의 도면을 이용해서 비밀 엘리베이터 문을 부수고 바이퍼 연구실에 들어갔다. 바이퍼 가동을 준비하던 연구원들이 깜짝 놀라 두 사람을 바라보았다. 데이빗은 그들을 모두 모아 책상 한 군데에 묶어버렸다.

"자, 고든 이젠 당신 몫이에요. 바이퍼를 꼭 파괴해요. 스톤과 칼튼은 내게 맡기구요."

데이빗은 눈 깜짝할 사이 사라졌다. 고든은 손에 묻은 땀을 닦고, 바이퍼를 영구적으로 삭제하기 위한 작업을 시작했다. 그리고 주머니에서 전화를 꺼내 어디론가 전화를 걸었다.

"마커스? 나예요, 고든."

마커스는 대통령궁으로부터 온 무전을 받고 서둘러 복귀하고 있다. 스톤의 속임수에 깜빡 속은 자신이 한심하기도 했지만 그 많은 병력 중 예비 병력을 남겨두지 않고 모조리 출동한 페어백의 한심함에도 기가 찼다. 왜 가브리엘 대통령이 자신에게 장관을 맡기려 하는지 이해가 되는 순간이다. 그때 전화가 울렸다. 고든이다.

"고든."

"마커스? 나예요. 고든."

"알아요. 그래서 이름 불렀잖아요."

잔뜩 짜증이 난 마커스가 고든에게 성질을 부렸다.

"대통령궁으로 날아가고 있겠죠?"

"비행기는 안타깝지만 없고, 무장트럭들은 한참 뒤에 있어요. 대신 난 180km로 달리고 있죠."

"지금부터 하는 말 잘 들어요."

데이빗은 대통령궁에 도착했다. 어찌된 일인지 대통령궁 앞의 시위대는 이미 사라지고 보이지 않았다. 한 시간 전 스톤이 블랙캣 전투병력에게 내린 명령 때문이다.

"시위대를 해산시켜. 정권이 교체될 거고, 추후 대 국민 메시지가 나갈 거라고 해."

"수명 제한 제도 폐지를 외치면서 여전히 시위 중인데 어떻게 하죠?"

"해산하지 않을 경우 실탄 사격이 이뤄질 것임을 경고해. 먹히지 않으면 실제로 가장 앞에 있는 시위대 일부는 사격해도 좋아."

스톤의 명령으로 십여 명의 시위대가 총에 맞아 사망했다. 막상 실제 실탄 사격이 진행되자 시위대는 더 버티지 못하고 모두 해산했다. 데이빗은 불공평하게 죽음을 맞은 시위대 사이를 걸으며 분노하고 있다. 자신의 욕망을 위해 수많은 사람들을 이용하고 목숨을 빼앗고, 심지어 자신마저 속인 스톤이 악마처럼 느껴졌다. 멀리서 다가오는 데이빗을 알아본 블랙캣들이 환호하며 데이빗을 맞이한다.

"데이빗! 우리의 히어로! 리무브바이오를 싹 쓸었다지? 이제 걱정 안 해도 돼. 칼튼이 스톤에게 협조하기로 했어! 우리도 이제 그들처럼 살 수 있다고!"

환호하는 그들을 바라보며 데이빗은 무표정하게 대통령궁으로 들어갔다. 중화기로 무장한 호위병력 사이에 가브리엘을 무릎 꿇린 상태로 한가로이 차를 마시고 있는 스톤이 눈에 들어왔다.

"데이빗! 우리의 히어로!"

반갑게 웃으며 다가오던 스톤은 데이빗의 표정을 보고 심상치 않은 분위기를 감지했는지 그 자리에 멈춰 선다.

"리무브바이오는 더 이상 걱정하지 않아도 돼. 데이빗."

"스톤, 내가 걱정하는 건 리무브바이오가 아니에요. 그곳엔 사람이 있거든요. 고양이 말고."

스톤이 차가운 미소를 짓는가 싶더니 데이빗을 향해 총을 발사한다. 그것을 신호로 호위 병력 전원이 데이빗을 향해 사격을 가했다. 하지만 아직 하나 남은 크리살리스가 있던 데이빗은 총알들을 모두 피하고 하나둘 병력을 무력화하기 시작했다. 하지만 생각보다 많은 병력에 시간이 많이 소요됐고 너무 잦은 앰플을 사용한 탓에 크리살리스의 효력 유효 시간도 짧아져 있었다. 마지막 병력의 급소를 내리쳐 무력화시키는 데 성공했지만 아직 중화기로 무장한 스톤을 해결하지 못한 채 크리살리스가 모두 소진되고 말았다. 틈을 놓치지 않은 스톤이 들고 있던 총을 데이빗의 뒤통수에 겨눴다.

"얼마든지 더 나은 선택이 가능했는데 데이빗, 안타깝구나."

"당신은 위선자야. 스톤."

"데이빗, 나도 이젠 내 인생을 살고 싶어. 이게 욕심일까? 내일을 걱정하며 사는 게 아니라 미래를 설계하며 다음 달, 내년을 기대하며 사는 게 그렇게 거대한 욕심일까? 그렇게 생각한다면 뭐 어쩔 수 없지. 이렇게 할아버지와 손자가 함께 세상과 이별하는 경우는 흔치 않은데 말이야."

스톤의 지시를 받고 대통령궁을 떠난 칼튼 회장은 경호팀을 이끌고 리무브바이오 비밀연구실로 향하고 있다. 고든이 서둘러 바이퍼 폐기에 나섰지만 아직 시간이 한참 더 필요하다. 칼튼 회장은 그런 사실을 모른 채 새로 대통령이 될 스톤의 요구에 부응하기 위해 바이퍼를 조기 가동할 생각으로 발걸음을 재촉하는 중이다. 하지만 비밀 실험실 입구에 도착했을 때 자신의 계획에 문제가 생겼음을 알아챘다. 보안을 목적으로 양성한 치안국 대체 프로젝트인 더자이언츠 멤버 다섯 명이 곤죽이 되어 기절해 있는 것을 목격했기 때문이다.

"오늘 밤은 정말 피곤하군."

칼튼 회장의 경호팀은 상황 파악이 끝나자 총을 장전한 상태로 회장을 경호하기 시작했다. 그런데 그때 어디선가 총성이 들렸다.

"탕."

경호원 한 명이 쓰러졌다.

"탕, 탕."

연이어 날아든 총탄에 경호원들이 허수아비처럼 쓰러졌다. 경호원들이 모두 쓰러지자 반대편 벽에 몸을 숨기고 있던 검은 양복에 흰 운동화를 신은 남자가 모습을 드러냈다.

"마커스 수사관, 아니 마커스 장관. 상당히 빨리 복귀했군요. 이제 블랙캣 걱정은 안 해도…."

"탕!"

총성이 한 발 더 울리자 칼튼 회장의 오른쪽 무릎이 꺾인다.

"마커스! 이 멍청한 놈! 무슨 짓이야! 지금 상황이 어떻게 돌아가는지 알기나 해?"

"알아, 나도. 블랙캣은 이제 신경 안 써도 되는 거."

"마커스… 자네… 앨리스를 생각해야지."

"함부로 입에 내 딸 이름 올리지 마. 이 악마야. 내 딸은 내가 책임질 테니."

칼튼 회장이 총에 맞은 부위를 부여잡은 채 쓰러져 흐릿해지는 기억을 부여잡으며 정신을 놓지 않으려 애쓰고 있다.

"쳇, 엄살은… 걱정 마. 칼튼. 블랙캣 검거용 마취총이니까. 저 친구들도 열 시간 뒤면 모두 깰 거야. 난 당신네처럼 사람 목숨을 장난감처럼 가지고 놀진 않거든."

"멍청한 마커스. 지금 네가 걷어 찬 기회가 어떤 건지 알고 있어?"

"물론, 칼튼 그런데 그거 알아? 현명한 사람은 자신이 틀린 길에 접어 들었을 때 잘못을 인정하고 다시 시작해. 그런데 보통 사람들은 틀린 길인 것을 알면 쉽게 포기해 버리지. 그런데 말이야. 진짜 멍청한 자들은 틀린 길인 걸 알면서도 자기 고집 때문에 그 길을 계속 밀고 나가. 바로 너처럼 말이야. 지금 네 길의 끝에 남은 건 절망뿐이니 곧 확인시켜 줄게."

칼튼의 흐릿해지는 눈동자 속에 마커스 뒤로 달려 나오며 환하게 웃는 고든의 모습이 들어온다.

"고마워요 마커스, 시간을 벌어준 덕분에 바이퍼는 영구적으로 제거되었어요. 아! 그리고, 앨리스는 방금 그레이스가 비커스 진료실로 옮겼어요. 어서 가요. 이젠 당신 딸이 선물을 받을 차례니까요."

마커스와 고든, 그리고 그레이스와 카밀라까지 네 사람이 서서히 칼튼의 시야에서 사라진다. 칼튼이 힘겹게 속삭였다.

"빌어먹을…."

[2070-10-17 THU]
The &

"정신 나간 녀석!"

스톤이 데이빗의 머리에 총을 겨눈 채 화를 내고 있다. 리무브바이오에서 칼튼의 계획이 틀어졌다는 소식을 들었기 때문이다.

"마리를 치료하고, 너, 나 모두 평생을 건강하고 행복하게 살 수 있었어. 원한다면 넌 누구도 범접하지 못할 초능력자로 살 수도 있지. 그런데 철없는 네 행동 때문에 지금 얼마나 위험해졌는지 알아?"

스톤은 흥분을 가라앉히지 못하고 씩씩대고 있다.

"정말 나와 우리 엄마를 생각해서 이린 거예요, 스톤? 아니면, 저 많은 사람들의 삶을 위해 그랬나요? 아니잖아요."

"입 닥쳐! 이제 나도 사람답게 살 만한데 폐암으로 몇 개월 뒤면 죽어야 한대. 내가 이럴려고 여태 블랙캣으로 산 줄 알아? 생각해 봐. 이제 그들의 것을 우리가 빼앗은 거야. 데이빗, 너와 내 차례라고!"

"아뇨. 그들이 가지고 있던 그 모든 것들도 결국 사람들에게서 빼앗은 거잖아요. 모두 돌려 줘야 해요."

"망할. 네 생각이 정말 그렇다면 어쩔 수 없어. 난 기회를 줄 만큼 준 거야."

스톤의 총에 장전이 되고 데이빗의 뒤통수에 차가운 금속의 촉감이 느껴진다.

"탕!"

차가운 총성이 들렸다. 그리고 스톤의 다리가 꺾이며 바닥에 쓰러진다. 대통령궁 접견실에는 스톤을 향한 총소리와 함께 중무장한 치안부대가 진입했다. 그리고 그 뒤를 페어백 장관이 따라 들어왔다. 페어백 장관이 데이빗을 바라보며 말했다.

"데이빗?"

"페어백 장관… 어떻게 된 거죠?"

"보는 그대로야. 대통령 납치범이 검거된 거지."

데이빗이 대통령궁으로 떠난 뒤 고든은 시간을 벌기 위해 마커스에게 도움을 청했다. 리무브바이오로 칼튼 회장이나 스톤의 병력이 들이닥쳐 바이퍼를 가동하려 할 것을 알았기에 마커스에게 그들을 막아달라고 부탁한 것이다. 그리고 전화로 고든은 한 줄기 희망을 담아 보냈다.

"지금, 페어백 장관도 옆에 있죠? 카밀라의 크랙이 치료되었어요. 방법을 알아냈다구요. 비커스의 치료 기능을 통해 당신 딸 앨리스의 병도 치료하도록 준비할 테니 이곳으로 함께 오도록 해요. 페어백 장관에게도 카밀라의 완치 소식을 꼭 전하구요."

마커스는 전화를 끊는 즉시 페어백과 새로운 작전을 수립하기 시작했다.

"페어백, 당신은 대통령궁으로 가서 스톤을 검거해요. 고든에 따르면 시위대를 해산하고 일부 블랙캣들만 남겨뒀다고 하니 아마 이 정도 무장 병력이면 제압이 가능할 거예요. 녀석들은 우리가 눈치 채고 달려가고 있다는 걸 아직 모를 테니까요."

"그럼 리무브바이오는 어떻게 막지?"

"그건 염려 마세요. 내가 직접 갈 테니. 앨리스와 함께."

[한 달 뒤]

정부는 리턴타이머에 의지하는 피프티포리턴프로젝트, 즉 50세 수명 제한제도를 폐지하기로 했다. 대통령을 비롯 주요 공직자는 다시 국민 투표를 통해 선출되며, 고든은 초대 보건부장관에 선출되었다.

모든 국민은 에이필로 인한 부작용을 제서하기 위해 보건부가 대량 생산한 블랙 앰플, 출시명 엔젤필을 접종받았다. 그리고 비커스는 기능을 고도화하여 중증 질환자들의 진료 및 치료를 위한 인공지능 시스템으로 재탄생하는 데 성공했다.

크랙이 완치된 카밀라는 은퇴한 페어백 장관과 함께 도시를 떠나 조용한 시골에 자리를 잡았다. 페어백은 그동안 카밀라와 나누지 못했던 부녀의 정을 나누며 행복한 생활을 이어가고 있다. 그리고 다음 달 카밀라는 고든과의 사이에서 갖게 된 첫 번째 아이를 출산할 예정이다.

비커스를 통해 희귀 질환 치료에 성공한 앨리스는 건강하게 학교에 입학할 수 있게 되었다. 그리고 마커스는 투표를 통해 초대 치안부장관에 선출되었다. 그의 주된 업무는 더 이상 블랙캣 검거가 아니다. 이제 더 이상 블랙캣은 존재하지 않기 때문이다.

칼튼과 가브리엘, 레이첼 등 30년 가까이 권력을 장악한 범죄자들은 구속되었으며 리무브바이오는 관련 기술을 모두 보건부에 넘긴 후 부도 처리되었다. 보건부는 국민들의 건강 유지와 관련된 주요 정보를 모두 비커스에 학습시키고 데이터를 저장하였으며 기타 완성되지 않거나 중요도가 낮은 연구 결과물들은 다국적 바이오기업 버터플라이에 매각하였다.

데이빗은 어딘지 알 수 없는 숲속을 달리고 있다. 앞서 있는 소녀는 뒤도 돌아보지 않은 채로 천천히 걷고 있지만 데이빗이 아무리 빨리 달려도 왜 그런지 그녀에게 닿을 수가 없다. 숲속은 마치 아무런 생명체가 살지 않는 듯 데이빗과 소녀, 그리고 나무 외에는 고요하다. 하늘에 해가 떠 있는지 아주 밝지만 해가 어느 방향에 떠 있는지 모를 만큼 눈부시다. 이름을 모르기에 그녀를 불러 세울 수도 없는 데이빗이 안간힘을 다해 달려 손끝이 그녀의 어깨에 닿을 즈음이 되자 그녀가 그제야 고개를 돌린다. 드디어 데이빗은 소녀의 얼굴을 마주하게 되었다. 그녀는 다름아닌 마리다. 하지만 꿈속의 마리는 젊고 아름다운 소녀의 모습이다. 그때 부드러운 마리의 목소리에 데이빗은 잠에서 깼다.

"데이빗, 거의 다 왔어. 이제 일어나야지."

"아, 깜빡 졸았나 봐요. 엄마."

"꿈을 꾸는 것 같더구나."

"맞아요, 엄마. 엄마 꿈이요."

마리가 미소를 짓자 데이빗도 따라 웃는다. 가브리엘이 마리에게 리무빙 명령을 내렸을 때 이미 비커스는 화이트 앰플을 접종한 데이빗의 뇌에 연결되어 있었다. 화이트 앰플 자체가 데이빗의 뇌에 인공지능이 원격으로 페어링되도록 설계된 고도의 딥러닝 캡슐이었던 것이다. 마리의 배 속에 있던 데이빗이 인식하지도 못하는 사이 마리를 향한 가브리엘의 리무빙 명령은 비커스는 물론 태아였던 데이빗에게도 각인되었고 살인을 명령받은 비커스는 악몽처럼 데이빗을 괴롭혔던 것이다. 하지만 이제 그 악몽도 오늘로서 끝날 것이다.

"엄마. 엄마는… 할아버지를 용서할 수 있어요?"

"글쎄… 용서한다. 용서 못한다라기보다… 잊힌다, 잊히지 않는다라고 표현하고 싶어. 용서한다고 달라질 게 없으니까,

마리의 조금은 서글픈 미소와 함께 차가 멈춘다. 차에서 내린 마리와 데이빗을 고든이 기다리고 있다.

"한결 좋아 보이네, 데이빗."

"덕분에요."

"그런데, 정말 후회하지 않겠어?"

"네. 전혀요. 평범해질 수만 있다면요."

"좋아. 그럼 엔젤필 접종을 진행하자."

데이빗은 비커스와 연결된 체내의 페어링 캡슐을 제거하기 위해 보건국에 찾아왔다. 조셉이 투약한 화이트 앰플을 제거하는 방법 또한 블랙 앰플이었음이 비밀 폴더의 문서들을 통해 밝혀졌기 때문이다. 데이빗은 이제 더 이상 초능력도, 슈퍼컴퓨터 인공지능 비커스와 기억을 나누는 것도 원치 않는다. 그저 마리와 함께 행복한 삶을 살고 싶을 뿐이다. 엔젤필 접종을 위해 데이빗이 진료실에 들어가서 고든을 기다린다.

그리고 잠시 뒤 고든에게 그레이스가 찾아온다.

"장관님, 잠시만요. 데이빗에게 엔젤필을 접종했나요?"

"아니, 아직. 지금 막 진행할 참이야. 그레이스."

"그 전에 잠시 장관님이 보셔야 할 것이 있어요."

그레이스는 급하게 고든을 중앙 통제실로 데려간다.

압수되어 폐기 작업을 진행하던 칼튼 회장의 마지막 컴퓨터 안에서 새로운 비밀 폴더가 발견된 것이다. 그레이스가 폴더를 열어 내용을 스크린에 띄웠다.

"이게 뭐야?"

"화이트 앰플 생산 방법이요. 조셉의 작품이죠."

고든이 깜짝 놀라 그레이스를 바라본다. 그리고 고든과 그레이스가 함께 진료실에 누워 있는 데이빗을 바라본다.

[끝]